キャンバス

文谷 葵
FUMITANI Aoi

文芸社

1

静まる森の中で、奥深く響き渡る小鳥のさえずりが今日も朝を知らせた。

木々の合間から木漏れ日がゆっくりと差し込むと、辺りはだんだんと明るくなっていった。

朝靄《もや》が徐々に晴れていき、視野が開けたころ、見えてきたのはポツンと建てられているログハウス。

丸太を井桁に積み上げたログハウスは全体的に少し黒ずみがかっていた。けして大きくはないがちょっとした手すりの付いたテラスと、中央に大きく取られた窓。玄関には壁掛けのランタン風の照明がオレンジ色の光を放って、格子調にデザインされた木製のドアを優しく照らしていた。

新しいとは言えない少し苔の生えたテラスの隅には薪が積まれていて、手すりにはプランターに植えられたオレンジや黄色といった花がぶら下げられている。

ログハウスから斜め下に目をやると浅い川がサラサラと流れ、木漏れ日がキラキラと水面を輝かせては鳥や虫たちを呼び寄せた。空気は澄んでいる。


ピピッ！　ピピッ！　静かな森の中で音が鳴り響いた。

「う～ん」

布団の中から、ぬーっと出てきた手は無造作に左右に動き、目覚まし時計を探し始めた。少し触れるもガシャン！　目覚ましを落としてしまった……。

これが文谷葵《ふみたにあおい》である。

「はぁ～っ」大きなあくびと共に葵は体を起こした。

今日も見事な寝ぐせだ。だが葵にとっては、そんなことはどうでもいい。

外の景色がキレイなことと、朝の光をいっぱいに取り込めるように部屋には薄いレースのカーテンしか引いていない。

毎朝、葵が目を開けた時にはメインである大きな窓がたくさんの光を取り込んで、部屋中を明るくやわらかい日差しに変えて、葵を迎えてくれる。

葵は、何年も前からずっと自分だけの家を探して、休みの日にも時間があれば何軒も物件の見学に歩いて回った。

不動産屋に勝手な理想ばかり押しつけては、半ば強引にスケジュールを空けさせ、お薦めとする物件を案内させた。

そんななか築15年の中古物件ではあるが、メインとなる一面に大きく取られた窓は部屋の中と外の景色との境目が分からないほど、非日常的な空間を感じさせた。

思わず外へそのまま飛び出してしまいそうなくらい明るく見晴らしの良い景色だけに、薄暗い夜に星空なんかを想像した時には、ワクワクが止まらず胸が膨らんだ。一瞬にして、葵はこの家に心を掴まれた。

こうして、即決で返事をしてようやく自分の納得できる家を購入した葵は、ローンの支払いは大変だが、別に誰に迷惑をかけるわけでもなく、このログハウスに1人で住んで、自分の思い描いていた生活を手に入れたのだ。

「よしっ」そう言って葵は、慣れたしぐさで髪を束ねて顔を洗った。元気だけが取り柄の葵は、鏡に映る自分を見てニコッと笑った。

天気がいい日は不思議と気分がいいものだ。コーヒーメーカーからの香ばしい匂いに包まれながら、葵は今日も誰の目もない、静かな自分だけの朝を最高に楽しんでいた。

「ふん、ふ〜ん」葵は鼻歌を歌いながら窓ぎわに置いてある観葉植物に水をやった。

「小豆《あずき》〜、ごはんだよ〜」

そう言って葵は、こんがりと焼けたパンを咥えたまま鳥かごを開けてエサをやった。

これが葵の唯一の家族、インコの小豆である。

たまたま買い出しに出掛けた時、ペットショップの前を通りかかると透き通る鳴き声に引き寄せられ、インコと目が合ってしまった。

汚れていないピンクの羽は、うっとりするほどワインゼリーのようにとても綺麗で、葵は魅力いっぱいの姿に惹かれ、飼うことに決めた。

クリッとした目を見て小豆という名前にした。人は変だと思うかもしれないが、葵は気に入っている。

朝になると綺麗な鳴き声を聞かせてくれて、耳障りなどころか毎日清々しい気持ちにさせてくれる。朝から、テンションを上げてもらえるなんて贅沢なことだ。

小豆を見ながら嬉しそうにパンを食べる葵は、毎朝こうして早めに起きて余裕を持つようにしている。このまったりとした朝の時間を満喫するためだ。

葵は、大きめのカップにたっぷり入ったコーヒーを手に、メインの大きな窓から朝日が差す外の景色を見た。

(静かな朝は落ち着くわ。今日も1日晴れそうね)

葵は束ねていた髪を解き、コンタクトレンズを着け、数少ない服の中から1着を選び着替え始めた。

あまり目立たないように少しの化粧と色の付いたリップをほんのり塗って、肩より少し伸びた髪をふんわりと軽く巻いてみた。

「小豆~、行ってくるよ~。今日はあなたと同じピンクの服にしてみたの。お揃いね」

そう言って、ずっと部屋にいたいけど惜しむかのようにそっと玄関の戸を閉めた。

鍵を掛けて自転車に乗り込んだ葵は、たっぷりのマイナスイオンを身体中に取り込むように大きく深呼吸しながら、緩やかな下り坂を自転車でゆっくりと下っていった。

葵の頬を撫でるように通り過ぎた風は、少し冷たく秋めいていた。

舗装のされていない砂利道だけど、車1台分は通れるくらいの幅はある。砂利道の両側の少し色づいた木々の間をトンネルのように抜け、毎朝駅へと向かう。


着いた駅は無人駅で誰もいない。この駅付近に人はほとんどおらず、何駅か先まで電車はいつも貸し切り状態。思いのままに過ごせるとだけあってちょっと贅沢な気分だ。

電車に揺られながら外を眺めるのは葵の日課だった。誰もいない、静かな車両は、どの席に座っても自由な分、今から始まる戦争前の唯一の一時をここで息を抜くのだ。

(少しずつだけど、色づいてきたな……もう、そんな季節か)

ほんの少し紅葉がかった景色は、葵をどこかしっとりと落ち着いた気持ちにさせていた。


ピピーッ。笛の音が現実へと引き戻させた。

乗り継いでからは、新幹線で2時間かけて人混みに揉まれながら会社へ向かう。

「あっ！　すみません」

あまりの混雑にぶつかる葵は、新幹線に乗り継いでからは今まで1度も座れたことはない。毎日、悔やんでは座っている人をつい羨んでしまう。

積み重ねた2時間分の脚力がものをいう。こんな毎日を繰り返しているうちに通勤の間耐えられるだけの脚力を知らず知らずのうちに身につけていたのだ。

家から駅までの自転車だって、このための体力づくりと言っても過言ではない。

毎日のし掛かる交通費は、自分で会社から距離のあるあの家を購入した以上、別途自己負担になることに、自由席を選ぶしか選択肢はないのだから仕方ない。

（はーぁ。今日も座れなかった……。のん気に携帯眺めてニヤニヤしちゃってさ、たまには席譲ってくれたっていいじゃん）

足先いっぱいに力を入れて必死に自分の体を支える葵は、今日も心の中で文句を言い放ってしまった。

35歳。未だに独身。葵の毎日はこうして始まる。

「あおい〜、おはよ〜」

「あっ、おはよ〜」

河合夏希《かわいなつき》。葵の唯一の親友である。同期で、あまりネチネチ言わないさっぱりタイプ。葵にとっては、付き合いやすい性格だ。そして何でも話せる上、とにかく明るい。葵が落ち込んだ時なんかは笑えるようなネタをいくつか用意してくれて、有り難い。そして、たまにはグッとくるようなことを言ってくれたりして、結局は何かと助けられている。

夏希と何でもない話をしながら、葵は今日もタイムカードを押した。

「おはようございます」オフィスに入っていく葵。

「よっ、今日は、先方さんからの依頼のメールがくるはずだから、よろしく頼むな！」

「あっ、はい」

ここ、広告会社に勤めて10年になる。広報部や営業部など色々回されたが3年前からこのデザイン部に配属になってようやく落ち着いた。

葵としてはどんな理由であれ、このデザイン部にきたことは、今まで黙っていたが密かな夢が叶えられると願ってもいないチャンスだった。

だが現実は甘くはない。周りは皆、センスとアイデアが兼ね備わった強者ばかり。葵はどんどん自信をなくし最近では、商品に対するテーマやキャッチコピーでさえもなかなか良い案が浮かんでこない。

まだ、デザインも任されておらず、周りの皆は次々と業績を伸ばし、素敵なデザインが生まれているのに対し、葵はと言えば目立ったアピールもできず、だんだんと置いていかれてしまっている。

つくづく自分の力のなさと、仕事に対するマンネリを感じていた。


「文谷～。この前言ってたデザイン決まったか？」

「あっ、はい。一応……案は考えて準備はしてあります」

「そうか、じゃ～それを昼イチでこっちへ持ってきてくれ。良かったら先方へ資料と一緒に出してみよう」

「はい」

（今日も残業になりそうだな……）

今回、「女性の輝く未来に」をテーマとし、新たな美顔器を販売するため、パンフレットの表紙のデザインの依頼を受けて、葵が担当することになった。

今まで雑用ばかりだった葵が、デザインを初めて受けることになった。自分のセンスと創造性が試されているなかで葵は不安でならなかった。

葵なりに用意したものは、この商品を使うことで毎日が違った世界に見えてしまうほど、自分への自信がつき1人の女性がつい笑みがこぼれてしまうようなそんなイメージだ。

葵が描いてみたものは青空の下、高原で体を反るようにして宙に舞った女性が両手を目一杯に広げ、太陽の光を浴びる姿。

そして、キャッチコピーは「溢れる　輝きへ」。

何年もデザインの採用がない葵は、一応用意したものの自信が持てずにいた。


「ねっ。葵！　今日一緒にご飯行かない？」

「あ〜夏希ごめん。さっき課長から言われて昼から取引先へ行くことになったの。会社へ戻るのも遅くなりそう」

（あ〜、不安でたまんない。どうなるか分からないのに、私だって夏希と定時で上がって飲みにでも行って逃げ出したいよ）

「そか。んじゃ、また今度ね」

「うん。またね」

そう言って夏希は葵の肩を軽く叩いて、束ねた綺麗な髪をなびかせながら席へと戻っていった。

2

車に揺られて15分。取引先の会社での打ち合わせは思った以上に長く続いた。

「いいですね。気に入りました。このデザインに決めましょう！」

「本当ですか！」

「ありがとうございます。では早速ですが納期と見積りを……」と課長が切り出す。

（うそ！　うそでしょ！　私のデザインが初めて採用された！）

何が起こったのか一瞬分からなくなったが、葵の胸は躍り、顔から溢れ出る笑みを隠しきれなかった。

「必ず期日までにお届けに参ります。今後ともよろしくお願いします。では、失礼致します」と課長が頭を下げた。

「ほ……本当にありがとうございました！　失礼致します」と葵も深々と頭を下げる。

静かにゆっくりと取引先のオフィスから離れたとたん、2人は顔を見合わせて思わず笑い合った。

「文谷～、良かったなぁ。ここんとこ残業して頑張ってたもんなぁ。初めて自分のデザインが採用されて、嬉しいだろ」

「はい。OKもらえるなんて思っていなかったんで自分でも信じられないです」

「ふふっ、んじゃ、遅くなってしまったし、飯でも食いに行くか？　ご褒美に俺がおごってやる」

「本当ですか！　行きます！　焼き肉ですか～」

「ははっ。本当に文谷って、色気より食い気だな」

「へへ～」

ここぞとばかりに葵は、節約している毎日から解き放たれたように遠慮なしに焼き肉をねだった。

(こんなことってある？　デザインが採用になった上に焼き肉なんて！　今日は全てがいいことばっかりだ！)

入社して以来、初めて採用になったことで、これから先何が起こるか分からないが、自分のデザインした作品が形になって、それを手にして見てくれる人がいることを想像すると、心の中はドキドキとワクワクした気分でいっぱいになった。

　これをきっかけに葵は仕事を任されることも増え始め、一つ一つとうまくいき始めていった。


　課長のお薦めで連れて行ってもらった焼肉店は、古びた年季の入った店だった。お世辞にも綺麗とは言えないけれど、行列ができるほどの人気店のようだ。

　空腹で、店内から漂ってくる匂いに、はやる気持ちを抑えながら入った2人は、先にビールを頼むことにした。

「文谷、デザイン部にきて3年か。採用もされたことだし慣れてきたんじゃないか？」

「はい。でも先輩方の創造やセンスには、いつも圧倒されっぱなしで」

「ははは。そんなの経験を積んでいけば文谷だって皆のようになれるさ。今は、見えない引出しが開いていないだけで、開くようになるとどんどんイメージが出てくるようになる。今日の採用で、引出しに手を掛けた第一歩になったんじゃないか？」

「はい。ありがとうございます」

「今日は、めでたいから好きなだけ飲んでいいぞ。帰りは気にするな。送ってくから」

「課長、うち……3時間はかかります」

ブーッッ！　課長がビールを噴き出してしまった。

「さ…3時間！　文谷家って」

「最近っていうか、1年くらい前に中古なんですが小さな家を買いまして……阿富美山《あとみやま》に」

「はぁーっ！　おまえ、阿富美山って！　そんな所から通ってんのか！」

「はぁ……」

「信じらんねぇ……マジかよ。んじゃ、いつも残業で遅くなった時はどうしてたんだよ」

「駅近のカプセルホテルで寝てました。もう、オーナーに顔覚えてもらっちゃって、割り引いてくれるから一番安くて助かってるんです」

「はぁ〜っ。呆れた……。そこまで離れていたら、少しでも家の近くの就職先とか考えてもおかしくないだろ。新幹線をわざわざ使ってでもこの会社に通うのには何か理由があんのか？」

「入社して広報部や営業部とか色々回されましたけど、それはそれで色んな角度から自分のいる会社のことが分かって良い勉強になったんです。でも私の入社した本当の理由は、どんなかたちであれデザイン部に配属になること。そしていつか、自分がデザインした大きなポスターを1枚飾れたらなぁ……って。その1枚の紙の中だけは、決まりもなく自由に思ったことを描けたら素敵だなぁ……ってそんな甘～いことを考えて入社しちゃいました。ははっ」

「ふ～ん。意外と文谷ってちゃんと夢みたいなもん持ってんだな」

「あっ、いえ。まだ何を描きたいとかはっきりしたことは決まってないんですけど、仕事も失敗ばっかりで現実を見ろ！　って話ですよね」

「いや。夢や目標持つことは良いことだよ。はぁ～あ。俺なんて偉そうにしてっけど、な～んもねぇ～もんなぁ～」

「課長！　ご家族がいらっしゃるじゃないですかぁ～」

「ん？　俺、独身だけど……？」

「えぇーっ！　その歳でー？」

「うるせぇ。悪かったな独身で！　お前にだけは言われたくねぇ！」

「あは、そうでしたぁ〜」

課長だけど、課長じゃないような。この時間だけは気心の知れた同僚感覚で盛り上がってしまった。

(何も気にすることなく気さくに話してくれる課長と、何でもない会話をして焼き肉にビール。2人で思わず笑っちゃったりして最高じゃない！ デザインが採用になるまで、押し潰されそうになったけど、こんな楽しい時間ももらえて、悪いことばかりじゃないな)

葵はこの時、プレッシャーから解き放たれたように嬉しそうに笑った。そして、楽しい時間はあっという間に過ぎていった。


打ち上げを満喫した2人を乗せた車が停まる。

「本当にココでいいのか？」

「はい。ココが私の第二の家なんで。課長、ごちそうさまでした」

「そうか。んじゃあな」

「はい。おやすみなさい」

そう言って、葵のおなじみのカプセルホテルの前で2人は別れた。

幸せな時間と楽しい時間は一瞬で過ぎていく……逆を言えば、そんな時間はいつまでも続かない。だからこそ、その時間を噛み締めるのかもしれない。

3

翌朝。

「おはようございます」

葵が出勤すると社内が何やらバタバタしているようだ。

「おい！　文谷！　この前の泉水《いずみ》製薬から預かった書類知らないか。茶色の封筒に入ってて、朝からみんなで探してっけど、見当たらないんだ。俺のデスクに置いておいたのに、ないんだよ。明日が期日で返さなきゃいけねーのに！」

「えっ。あっ私も探します」

「わりぃ」

皆で社内を探し回っているなか、葵もこれは大変だと言わんばかりに慌ててオフィス内にある全てのデスクの下に顔を覗かせ、丁寧に見回していった。

「ん？」

デスクとデスクの隙間にストンと落ちたかのようにたてかけられた状態の茶色い封筒を発見した。

葵は、見つけたと言わんばかりに、デスクの下に顔を潜らせ封筒を手にすると泉水製薬と書かれていた。中には何部か書類もちゃんと揃って入っていた。

とっさに早く皆に知らせたくてデスクから出ようと顔を出した時、課長とぶつかってしまった。

「いたっ」

「あっ！　文谷わりぃ。大丈夫か？」

「私の方こそ、すみません……って課長！　ファンデーションを付けちゃった！　本当にすみません。すぐに拭いてクリーニングへ……」

「いやぁこんなもんぐらい、どってことない。少しは俺にも女っ気があるように見えていいんじゃねぇか？」

「でも……」

「ん？」

一瞬、眉間にシワをよせ、課長が葵の顎に手を伸ばした。

「文谷、これどうした？」

「いえ、なんでもないんです。小さい時の古傷で……」

「そっか……」

「……」

少し会話に間が空いてしまった。葵は、気まずそうに目線を合わそうとしない。

少しうつむき加減の葵の目は左右に揺らぎ、焦点が合っていないように見えた。

「あっ、じゃ……すみませんでした。泉水製薬の書類見つかりましたよ～！」

葵はそう言って課長に頭だけ下げて、足早に皆の方へ知らせに行った。

「……」

課長は（どうしたんだ？　あいつ急に大人しくなっちゃって）と、ただ去っていく葵の後ろ姿を不思議そうに見ていた。


ドアが閉まると同時にピリッとした空気が流れた。

「んじゃ、今から打ち合わせを始める。文谷」

「はい。今回、駅前の商業施設に新たに店舗が加わることになりまして、その商品のＰＲの依頼がきております。お手元の資料をご覧ください」

デザインが採用されてから担当の仕事も少しずつ増え、葵は主にデザインを頼まれるようになった。葵は、やりがいと楽しさを感じていた。

まだ自分が何を描きたいのかは、はっきりとは決まっていないものの漠然とした夢に少し近づいたような気がした。


「それでは、会議を終わります」

１時間半ほどかかった打ち合わせが終わって葵が片付けていると、

「お疲れさん、何だか最近、楽しそうにしているから、仕事に自信がついてきたんじゃないか？」

「あっ、課長、はい。初めて自分のデザインが採用になって……この歳になってやっとだったんで、何だか嬉しくなっちゃって……恥ずかしいですけど」

思わず話しながら舞い上がる葵が、資料を落としてしまった。

「あっ」散らかった資料を葵は慌ててかき集めた。

「はぁ、まったく何やってんだよ、ドジは変わんねぇな～」

課長が呆れ顔になりながらも、小さく微笑を浮かべて拾ってあげようと手を伸ばしたその時、葵は大きくビクついた。

声は出さなかったものの、両手で頭を抱え込み、両目をグッと閉じてうずくまってしまった。無意識のうちに、とっさに出た反応だった。

「文谷？　大丈夫か……」

「あっ……すみません。なんでもないです……」

「………」

課長は何が起こったのか一瞬分からなかったが、葵に手を差し伸べながら様子が明らかにいつもと違っていることを感じていた。

「あっ、ありがとうございます」

葵はどこか気まずそうに手を取って立ち上がり、目を合わすことなく部屋を後にした。

これと言って特に何も声を掛けられないまま、この時の課長には違和感だけが残った。

会議から戻った葵を見つけるなり夏希が駆け寄って来た。

「ね！　葵、今日はご飯どう？　この前行けなかったじゃん」

「うん、そだね。今日はもう終わりだから行こっか。夏希が今日はお店考えといて」

「オッケー」

今回、久々の夏希との食事はなんだかんだ言って嬉しいもので、葵も胸が弾んだ。仕事中にもかかわらず、すでに何の話をしようか何の話を聞いてもらおうか考え始めてしまっている。

夏希が選んだお店は駅前にある居酒屋で、海鮮料理が美味しいと噂の店だった。葵も気になってはいたが行けずじまいになっていた。

酒もつい進んでしまうほど鮮度は抜群にいいと聞いていただけに、普段なら新幹線通勤のため、節約を心がけてはいる葵だけど、この時ばかりは親友との大切な『友好時間』と勝手な名目をつけては自分を納得させ、財布の紐を喜んで緩めた。

漁師町をイメージさせる店内の内装と男飯を連想させるボリューム感のあるメニューが、空っ腹の2人の食欲を掻き立てた。

2人はカウンター席を選び、お店の売りとも言える刺身の盛り合わせと一緒に、とりあえずビールから始めた。

久しぶりの夏希とのご飯は話が尽きない。2人で飲む酒に、気分も解放され喋りだしたら止まらなかった。

どーでもいい話から、仕事の話、大きなお世話で、同じ社員の他人の恋愛事情なんかも話しちゃったりして、私だったらこうするなどと人の恋愛を勝手に自分の価値観で評価して偉そうに言ってしまっている。

そして、女2人ともなれば1時間も経つと、たいがいはこうなることも分かっている。

「ねぇ〜葵も一緒に行こうよ〜。人数合わせでもいいから〜今回は良いメンバーが揃うらしいから、葵も見てみたいでしょ〜」

「あたし、そういうのいいよ」

「なんでさ〜、私ら独身じゃん！　葵は、顔はいいんだしさ。スタイルも悪くないし、注目浴びるかもよ〜。今逃したらもう巡ってこないよ！　最後のチャンスなんだから〜」

「はぃ。はぃ」

ほんのりと酔い始めた葵は、苦笑いをしながらうんうんと聞いていた。

「ねぇ、昔からずっと思ってたけどさ、葵ってさ、合コンの話はもちろん、恋愛の話だってしたことないじゃん。この間だって一番人気の先輩がオフィスに入ってきた時、皆はキャーキャー騒いでたけど、葵なんて無関心だったじゃん。この人好きになったかも！　みたいなさ、1回くらいあったっていいじゃん。何？　本当に興味ないの？　葵だってさ～幸せになりたいでしょ～」

「べ……別に興味がないわけじゃ……。でもこの歳になって今の生活が気に入っててさ、楽！　ってのはあるかも。あっ！　そう思ったら、あたしもうある意味、終わってるのかな～はは。夏希の報告待ってるから楽しんで行ってきて」

「え～、つまんな～い」

葵は冗談を言っては笑って誤魔化してみせた。恋愛に対してどこか冷めていて何か境界線を引いているような、そんな見えない感覚が葵の中にあった。

（女同士が集まれば、ケンカしたとか別れたとか……。泣いて辛い思いをするくらいなら、最初からそんなものない方がいい。男なんて……要らない。幸せなんて……あるわけないでしょ）

葵は、心の中で突き放したような感情を覚えていた。

「じゃ、葵〜またね〜」

「うん。おやすみ〜」

2時間かけて言いたいことを言って、夏希は上機嫌で帰っていった。

そりゃそうだ、いつも以上に飲んでしまったのだから無理もない。

お互いに仕事が忙しく、なかなかご飯に行けなかったけれど、今回久々に時間が持てたことで、改めて夏希の屈託のなさが羨ましかった。

あーでもない、こーでもないと女子ならではの会話に出てきそうな、嫉妬心や愚痴を繰り広げながらも楽しそうに話す夏希を見て、心のバロメーターは良好そうで安心もしたのだった。

それと同時に、恋愛を求める女性は皆、こんなことを思ったり考えたりするのかと葵には分からない世界をみせつけられているようでもあった。


カチッ。家に帰った葵は電気を点けた。

「ふぅ〜、結構飲んじゃったかも。小豆〜ただいまぁ、遅くなってごめんね」

少しふらついた様子で酒の匂いを漂わせながら鳥かごを開けた。透き通った鳴き声は酔った葵の耳にもよく届く。美しい羽を広げて、いつものように家の中を散歩する小豆を気づいたら目で追っていた。

(恋愛をすれば、結婚をすれば幸せになれると皆思ってるわけ？　笑わせないでよ……愛なんて腐ったもの)

別に夏希の考えに不満があって苛立っているのではない。

葵の中で、言葉では言い表せない感情をどう処理していいのか分からないでいた。ため息交じりに「小豆〜お風呂に行ってくるね」そう言って、ボタンをゆっくりと外してシャツをサッと下ろした。

葵の背中には、切り刻まれたような、傷だらけの……痛々しい痕が、今も生々しく残っていた。目にすれば、誰もが手で口を覆ってしまうほど、身震いするような光景だ。

裂け切れてしまったような傷痕は全体に大きく斜めに赤く膨れ上がり、点々と散らばるようについた無数の火傷の痕は夏場ともなれば熱をもつ。

皮膚の表面からは、色んな角度から白く線になったしこりが見え、青黒くなったアザに至っては、肩より少し下に大きくついていた。

流行の薄手のシャツを皆のように着たかったが、葵だけは厚手のシャツしか着ることができなかった。今でも寒くなると傷口がズキズキと痛みだすこともある。

消えることのない無数の傷は、葵自身でさえ鏡に映った時に視線を逸らしてしまうほど見るに耐えかねるものだった。

それは、葵の過去を知らせると同時に、未来でさえも奪っていた。


蛇口を閉めて風呂から出てきた葵は、厚みのある柔らかなタオルで優しく身体を拭いた。濡れた髪をよそにタオルを首に掛けたまま冷蔵庫に手を伸ばした。

「あ〜さっぱりした〜」

そう言って葵は慣れた手つきで電気を消した。ベッドの上で、缶ビールを手に月を眺める。

夜はとても静かで、大きな窓からは電気も要らないほど明るい月がのぞいていた。

浅瀬の水面が月の光にキラキラと、まるで星屑のように見えた。ここから見る景色は、葵の心をいつも落ち着かせてくれる。

1人になれるこの空間は葵にとって、本当の自分を出せる、唯一の居場所だった。葵が弱音を吐くのは、この場所でしかなかった。

(こんな体で、何ができるの……こんな体なんて要らない……。皆と同じように、水着を着て海ではしゃいだりできないし、それこそ恋をしたらこの身体を相手に見られてしまうことになるのよ……そんなの自分が惨めになるだけ……辛い思いをするくらいなら消えてしまいたい)

葵の頬をつたう涙が月明かりによって光っていた。

「あなたには、隠すことなく全てを見せられる相手がいますか？　人は何故、素直に本当の自分を出すことができないのだろう。本当の自分を見せるのが不安だから？　曝け出すのが怖いから？　1人になった時にホッとするのは寂し過ぎる。だって、人の温もりを感じてホッとできるのが本当だと思うから」

という以前手にしたエッセイの本文がずっと頭に残り、葵は毎回自分自身に問いかけ1人のこの部屋で自問自答していた。

課長の網谷《あみや》もまた自宅のソファーに寝転び、天を見上げて何やら思いにふけっていた。別にこれと言って何かあったわけでもないが、葵が気がかりでテレビの音も耳に入ってこない。

気が付けば一点を見つめて、あの時の場面が浮かんでくる。テーブルの上にあるウイスキーに浮かんだ氷がカランと音を鳴らして溶けていった。

「……………」

（あいつ、いつも笑ってっけど何かあんのか……。俺から視線を逸らしたり、あの時も俺にビビって……俺…別に何もしてないよな……それとも他人には言えないことがあるのだろうか）

葵の顎の傷といい、とっさとはいえ、あの過剰な反応が気になって仕方なかった。

気づくと、長い時間を葵のことで考え込んでしまっていた。

4

翌朝。

「文谷、すぐそこなんだけど、今から歩いて取引先との会議に一緒に行ってくれないか？事業内容とPR商品を見て、文谷が考える案も聞いてみたい」

「あっ、課長。はい。分かりました。用意します」

急いでカバンに書類を詰め込み、葵と課長の2人はオフィスから街路樹を抜けて、オフィスから10分ほど離れた所にある取引先へ向かった。

「課長、この辺に新しく焼き鳥屋ができたみたいなんですよ。口コミで人気です」

と今までのことが何もなかったかのように明るく話す葵は、歩きながら携帯ばかり見ていた。

「またお前は食いもんか。ちゃんと前見てねぇと頭ぶつけるぞ」

昨日、心配していた網谷もいつもの葵のその様子に少し安心していた。

外の空気を感じながら、少し歩くとあって、ある意味いい気分転換になっていた。

横断歩道にさしかかり、足を止めるが、葵だけ信号が赤だということに気づかないでいる。

お店の検索に夢中の葵は、道路に1歩足を踏み入れようとしていた。

「文谷！　危ない！」

とっさに、網谷は葵の腕を掴んで引き寄せた。

葵は目を大きく見開き、突然のことで何が起こったのか分からず、掴まれた腕が勝手に震えだした。

葵は、自分の鼓動が高鳴って耳にまで届いてくる。

「いやっ！」

葵は少し息が荒くなって、怯えるようにその手を振り切った。

「文谷……」

「ぁ…す…すみませんでした」

「ぁ、いや……いいんだ」

「やだなぁ…はは…私ってダメだなぁ」

引きつった顔で笑って言ったが、葵の体は小刻みに震えていた。何か話そうと一生懸命考える葵の姿を見ていて、網谷はますます困惑した。

「………」

葵のこわばった横顔にどんな声を掛ければいいのか、網谷は言葉が見つからないでいた。

「では10日間ほどお時間いただいて、2、3案ほど持ってまいります。その際はお時間頂戴致しますが、どうぞよろしくお願いします。失礼します」

打ち合わせが終わると、2人は頭を下げ、部屋のドアを静かにゆっくりと閉めた。

「文谷、このうちの1案考えてみてくれないか」

「はい、分かりました。考えてみます」

2人は歩きながらオフィスに戻る途中、今回大手メーカーの新しい飲料水を発売するポスターのイメージや方向性についてなどを話し合っていた。

葵はひときわ真剣に、クライアントがデザインに何を望んで、何を伝えたいのかを考え、飲み物が多種多様に溢れているなかで、どう印象を残すのかを積極的に口にした。

交差点に差し掛かり信号待ちをしていた時、温かな優しいオレンジ色のランプが天井から吊るされている全面ガラス張りのカフェが目についた。

「文谷、ちょっとあそこのカフェでコーヒーでも飲まないか？」と網谷が声を掛ける。

「あっ、はい」

カフェに近づくにつれ、ガラス張りなだけあって店内の客が楽しそうに会話をしている姿が目に入ってきた。


「いらっしゃいませ」

お店のドアを開けたとたん、豆を煎る芳ばしい香りと、どこからかバニラのような甘い香りが2人を包み込んだ。香りだけでこんなにもホッとさせるとは不思議なものだ。

2人はカウンターを選んだ。ジャズ調のBGMが小さく流れ、店内の雰囲気を後押しする。壁はレンガ調で、テーブルの間には観葉植物が置かれ、ゆったりとしている。ミルクを泡立てる音や客の声のざわめきが、さっきまでの仕事モードから気分を解放させた。

「お待たせしました」

網谷の前にはエスプレッソ、葵の前にはミルクの泡がたっぷり浮かんだラテが置かれた。

2人は無言で角砂糖を1粒カップの中へ入れると、スプーンをゆっくりと回した。

葵は何となく嫌な予感がしていた。

このスプーンを置いてしまったら、何かが始まることを感じ取っていたからだ。

いっそのこと、このまま過ぎ去ればいいのにと思ったが、葵は静かに呼吸を整えてそっとスプーンを置いた。

「なぁ、文谷……」

「えっ、あっ……はい」

「ここんとこ……文谷らしくないっていうか。さっきも……」

「あは……すみません。何でもないんです。さっきはビックリしただけで……」

「何かあったのか？　言いにくいこととかで……何か悩んでるんだったら……」

「何もないです！　気にしないでください。ほんと……私のことは大丈夫ですから」

口をつけるも、ホッと落ち着かせてくれるはずのラテが喉を通っていかない。

「でもここんとこ最近、無理に笑ってるような気がして。俺いつでも、よかったら話聞く

「……」

「……ですか」

「えっ？　今何て言った？」

葵は、眉を寄せ、目をぎゅっと閉じた。誰にも知られたくない過去に触れられたような、心の中に踏み入られた気持ちになってしまった。

「私の話を聞いて……どうするんですか。言えないことを課長に言えば何とかしてくれるんですか……。そ、それともいい人気取りの興味本位からですか」

「いや……俺は文谷が気になって」

「そうやって……面白がってズケズケと私の中に入ってこないでください！」

「いや、そんなつもりじゃ」

「もう、私に構わないでください！　ほっといてください！」

「文谷っ」

葵は居ても立ってもいられずカフェを飛び出してしまった。

「……………」

周囲の目も気にせず走り出した葵は、公園のエリアを囲うように石積みされた花壇に腰を掛けた。

両手で頭を抱え背中を丸め、縮こまっているが、こらえきれない涙がポタポタと落ちる。しばらく公園から離れられないでいた。

誰にも言えない苦しさと、知られることへの不安が葵の心に交互に押し寄せてくる。周りに怯え、常に隠そうと気にしたりと、いつになっても、昨日のことのようにつきまとう呪縛から逃れられないでいる。

葵は身体中の傷と消せない過去を、ずっと背負って一生1人で生きていくと決めているのだが、心はいつも孤独を感じていた。

どれくらい経っただろうか。涙を拭いて目の腫れがひいた頃、自分に言い聞かせるように少しずつ気持ちを落ち着かせていった。

葵は自分で顔を叩いて心を奮い立たせた。

「こんなんじゃダメ。オフィスに戻ってちゃんと謝んなきゃ！」

葵はすぼめた肩を正して胸を張り、1歩足を前に出した。

毎回、何か起こるごとに自分に言い聞かせている葵。

その姿は指先でチョンと触れただけで大きな音を立てて粉々になる、もろすぎる薄いガラス玉のようだった。

かなり気まずく会いづらいのをグッと抑え、オフィスに戻った葵は、赤みを残した目で、網谷の前に立っていた。

「課長！　さ…さっきは私のことを思って言ってくださったのに、あんなヒドイことを言って……本当にどうかしてました。申し訳ありませんでした」

「いや、いいんだ。俺の方こそ……人には聞かれたくないことだってあるもんな。気に障るようなこと言ったみたいで……ごめん」

「そんな……課長は何も悪くないです。謝らないでください」

「………」

「そ、それだけ言いたかったんで。し、失礼します」

これでおおよそのことを察した網谷は、その場を後にする葵の姿を見て、あまり何も触れない方がいいのか、どこか手を差し伸べられるところはないのか、複雑な気持ちになりながらも何も言わずに見守った。

（あんな行動に出るほど反応するっていうことは、よっぽど過去に大きな出来事があったはず。このまま俺は見過ごしていいものなのか……）

数日後。

「文谷、この前打ち合わせした商品について昼から急遽、持っていくことになった。できたところまででいいから、まとめておいてくれ」

「はい。承知致しました」と言って慌てて資料をまとめた。

今回、依頼を受けた新商品である飲料水は、来年の夏に向けて100万本を販売する目標を立てているため、広告ポスターにはクライアントも力を入れていた。

「課長、できました」

「ありがとう。よし、行くぞ」

「はい」

この商品は、いわばベリーとローズの香りをほんのり付けたスポーツドリンク。

葵は、小さく細やかな水泡から大きく大胆な水泡を入り混ぜて、商品やパッケージが前面にくっきりと際立つように、気泡は薄く淡いパステルカラーにして背景につけた。

そして、その売り出すスポーツドリンクにつけたキャッチコピーは、「からだに潤水《うるすい》」。先方の会議室で始まった打ち合わせは、思った以上に長く続いた。力を入れている商品だけに先方の思いが要望となっていくつも出てくる。

「どうですか、続きは食事をしながら」と先方からの声がかかる。

「はい。そうですね」

あまり大きくもない小料理屋の個室に場所を移し、始まった打ち合わせは、双方熱量も入り摺り合わせるのにかなりの時間がかかった。

おおむねお互いが納得できたところで、終わった頃にはすっかり遅くなってしまった。

「それじゃあ、方向性はそれで。よろしくお願いします」

「こちらこそ、よろしくお願いします。来週に、またご連絡致します。ありがとうございました」網谷と葵が頭を下げた。

出た店の前で挨拶を交わし、クライアントはタクシーに乗り、その場を後にした。

甘酸っぱく、そしてローズの薄いピンク色をつけた香り高いスポーツドリンクは、紅茶とはまた違ってハーブよりの香りにスッキリとした味わいが飲みやすいと大好評で、更にはキャッチコピーが功を奏して、主に女性を対象にこの後ヒットする商品となった。

「はぁ〜っ、文谷わりぃ。こんなに遅くなってしまって……送るよ」

「いいんです。いつもの第二の別宅がありますから」と笑顔を見せた。

「いやぁ、いつもカプセルホテルってわけには……」

その時、向かいの店の前で男の怒鳴り声が響いてきた。何やら揉めてケンカをしている。

「ふざけんなよ！　ぶっ飛ばすぞ！」

「やれるもんなら、やってみろよ！　ごらぁ！」

大きな声で荒い息を掛け合いながら、胸ぐらを掴んで殴り合いが始まってしまった。煽るようにギャラリーが周りを囲み、制止する者はなく、人数だけが増えていった。

「いってーな！　てめぇ！　このやろー！」

男の怒鳴り声に震えだした葵は、だんだんと呼吸が大きくなる。

次第に血の気が引いて頭が真っ白になった時、めまいと同時にフラッシュバックが起きた。

「ごらぁ！　とろとろ帰って来やがって！　どこ寄り道してんねや！　調子に乗りやがっ

て！　はよ飯作れやぁ！」

そんな、腹にまで響いてくる低い怒号から始まった記憶は、葵を地獄へと突き落とした。

「ぎゃあー。止めてー！」

父親のゴツゴツとした手が葵の髪の毛をわし掴みにして、そのまま4畳半の畳の部屋へと引きずり込んだ。葵の体を支える髪の毛がミシミシという音を立てた。

「ぐふっ」葵の胃液が畳の上に飛び散った。

小さな細い手で腹を押さえるが、弱々しい。父親の拳が幾度となく、えぐるように食い込んだ。大人の男が当時小学校の葵の腹に容赦なく拳を振りかざしたのだ。

「止めてぇー！」青アザが付いた腕で顔を隠して必死で叫ぶ葵。

葵の服は、狂気的な父親の手によってビリビリに破かれ、まるで鬱憤を晴らすためのおもちゃに過ぎなかった。

毎日生きるか死ぬかといった地獄の生活。

本来愛して欲しいはずの父親はもはやそこにはなく、葵が父親に願ったのはたった1つ。

——私を……殺して……——。

「お前みたいなやつ……お前がいるから……お前のせいで……」

気の狂った父親は、だんだんと息が荒くなり、顔を真っ赤にして体を震わせながら歯を剥き出して葵を睨みつけた。

手入れされていないボサボサの髪と白髪交じりの髭が更に恐怖を誘った。

「お前がいるだけで金だけがかかって仕方ねー。死ねー！」

身の危険を察した葵は、獣のような父親を恐怖のあまり直視できないでいた。

畳にしがみつくように背中を丸め、必死で頭を両手で覆った。

葵の鼓動が聞こえてくるほど高鳴った時、アドレナリンが放出されてピークに達した父親が血走った目で、両手を組み、限度をはるかに超えた力で思いきり葵の背中に向けて振り下ろした。

「ぐぉーっ！」部屋中に響き渡る怒号が合図となった。

葵は、両目を大きく見開き……とっさに自分の口の頰肉を力いっぱい噛み締めて覚悟を決める。

体中に緊張が走った時、
ドンッ。

「うっ……げほっ」

葵の口は真っ赤に染まり、ポタポタと血がこぼれ落ちた。

「はぁ。はぁ」

涙と血が畳の上で混ざり合って、吸い込まれるように畳の目の中へと消えていった。

少しばかり気分が晴れたのか、横たわる葵をよそにゴミのようにあしらいながら父親は部屋を出て行った。

力が出ずに横たわる葵は仰向けになって天井を見上げ、顔を腫らし、真っ赤に染まった口で小さくこう呟いていた。

「誰か……殺して……」


葵の記憶から、割れたビール瓶やカッターでサッと切りつけられ皮膚が大きく切れて、葵が泣き叫ぶ場面や、タバコを持ってじわじわと近づき幾度となく押し当てられこらえる場面。欠けた皿や折られた箸を投げつけられ、沸いたばかりのお湯を葵の背中に向けてかけられる場面など、家中に広がっている場面と痛さに耐え泣き叫ぶ葵の姿がカメラフィルムのように映像として映し出された。

どこからか持ってきた竹の棒に至っては振り下ろされた時に、背中に大きく斜めに皮膚が裂け切れてしまった。

傷の上から積み重ねられた新たな傷は、どんどん痛みを増していく。心の痛みも同じように同時進行で積み重なっていった。

ビリビリになったカーテンの隙間から見えた星空にこれが愛情なのだと錯覚を起こすほど、葵自身も思考が壊れてしまった。こうして自分を何度も何度も、こんなことが毎日起こるたびに、納得させる言葉を探した。

葵が、よろよろと頭を起こすと……ワサッと髪が束になって落ちてきた。葵は震える手で、自分の落ちた髪をゆっくり拾う。

「いやぁーーーー」

血管が浮いた父親の冷酷な目が葵の脳裏に焼き付いて離れず、涙も止められなかった。

父親の目を盗んで、忘れ物を取りにこっそり帰って来た母親に、葵は痛む体をすり寄せ、母親の足にすがりついた。

母親は葵の腕を軽く振り払い、タバコに火をつけてこう言った。

「過ぎたことは、忘れなさい」と、軽やかにそう言うとニヤッと笑って見せた。

真っ赤に染めた口に、今にも下着が見えそうな短いスカート、体の曲線を見せつけるかのような服をまとって母親は見知らぬ男の元へ葵を置いて去っていった。


1人になった葵は、よろよろと痛む体を奮い立たせながら、少しでもこの家から離れたくて、靴も履かずボロボロの服と汚れた足で外に出た。

しかし、お金もない、行く当てもなく、帰る場所はあの地獄のような家でしかなかった。

分かってはいるが、絶望しながらも外に出ることだけが葵の一時の逃げ場になっていた。

家のドアを開け、一歩外に出ると空気が一変し、別世界にいるような気持ちになった。

辺りは、幸せそうな家族やケラケラと笑いの絶えない恋人たちが腕を組みながら歩いている。

人は何故お互いの顔を見て笑い合うのか、葵には分からなかった。

幸せそうな家族を見て、そもそも笑い合って何を話すことがあるのだろうかと思う。逆に何を話すのか知りたいくらいだと理解しがたいものがあった。

そして、子供が親と手を繋いでいる姿に、手を繋ぐとはどういうことなのか、何のために繋ぐのか…手を繋ぐとはどんな感触なのか……想像しても葵には何一つ分からなかった。でも、笑ってどこか嬉しそうに見える通り過ぎゆく人たちをつい羨んでしまう。何故私だけ……何故私ばかり……と自分が置かれた環境を憎んでいた。

痛む身体で学校にも行けず、これだけできてしまった傷も見られたくないと、自分のことをよそに色んなことに周りの目を気にしてしまっていた。

友達もいない、助けを呼べる相手も誰一人葵には居なかったのだ。

何も考えられないまま外を歩き、ある所で突然足を止めた。

ため息をついてゆっくり顔を上げると、ふとビルの屋上にある大きな広告看板が目に入ってきた。

それは目が大きく拡大され、1粒の涙を流したコンタクトレンズの広告であった。

その広告に書かれていたキャッチコピーは「大丈夫。明日がみえる」だった。

何に向けて涙を流しているのか葵には理解はできなかったが、涙を流している絵を見て、訳もなく身体を震わすほど葵もまた涙した。

来る日も来る日も生き地獄の毎日でしかなかった葵は、常に何かに怯えて孤独でいた。

だが、あの看板を目にした時から、辛いことがあると、通り過ぎる人を気にすることなく、その広告看板を見に行っては気持ちを奮い立たせた。

葵にとって次第に、広告看板がささやかな心の支えとなっていった。

時には看板と同じように泣いて、実際にはどうにもならない、変えられない現実に叫びたくなる気持ちをこらえ震えながら唇を噛み締めた。溜めた涙を流すものかと空を見上げては、ため息をつくしかなかった。

そして愛を知らないまま月日だけが流れていった。

5

「文谷！　文谷！」

そして、網谷の声がだんだんと戻ってきて葵の耳に届いてくる。

「文谷？　おい、文谷！」網谷が葵の異変に気づいた。

「はぁ、はぁ、はぁ」

路上で繰り広げられる男たちのケンカは、怒鳴り声と共に葵の記憶を蘇らせた。

葵は肩を大きく動かし、呼吸が乱れていく。

意識とは別に体が思うようにコントロールがきかなくなって震えと冷や汗が止まらなくなっていた。

「文谷！　見るな！」

網谷はそう言って、怒鳴り声が聞こえないように思わず葵を抱き寄せた。

「はぁ。はぁ。い…家に…帰りたい。家に……はぁ。はぁ」

葵は呼吸の乱れが治まらず、そのまま意識が遠のき、気を失ってしまった。

「文谷！　大丈夫か！」

葵は全身の力が抜けきり、倒れてしまう。網谷は葵を抱き上げ、その場を後にした。

何故こんなことばかり起こるのか、何故こんなことばかり葵に襲い掛かるのか、網谷はやりきれなさを感じつつ、気を失った葵を車の助手席のシートを倒してそっと寝かせた。

網谷は自分が着ていた上着をそっと掛けて、山奥の葵の自宅まで車を走らせる。

葵が気を失うほどの過去を想像したり、今までの葵の様子を見て、これで全て説明がつくと、この時網谷は全てを悟った。

しばらく車を走らせていると、

「……課長」

「おぅ、文谷気が付いたか」

「私…どうして」

「気を失ってしまってな。大丈夫か？」

「す…すみません」

「河合と仲が良いから電話して聞いたんだ。ちゃんと家に送ってやるから安心しろ」

「ありがとうございます」

「ほら、もう少し寝てろ」

「はい……」葵はゆっくり目を閉じた。

考え事をしていると、遠く離れた葵の自宅への距離も網谷はそう遠くに感じなかった。

舗装された道路は、山に向かうにつれ次第に狭くなっていった。ゆっくり進んでいくと砂利道が現われた。

「ん？　ここか？」

砂利道を辿ってみると、ソーラーライトがポツンポツンと規則正しく均等に設置されていて葵の家までを誘導しているような気がした。

網谷は何のためらいも迷いもなく、導かれるようにライトの光を辿っていった。

やがて車のライトの先にログハウスが見えてきて、玄関先に取り付けられたオレンジの照明がその場所を知らせている。

「あった、ここか」

網谷は玄関の鍵を開けてドアを全開にした。車に戻っては靴を脱がせた葵を抱きかかえて家の中へと運んだ。

「うっ、電気どこだよ」

葵は意識朦朧として返事はない。

葵の体重を支える震える腕で、手探りでスイッチを探した。

部屋の電気が点いて辺りを見渡すと、抱きかかえた葵をそっとベッドまで連れて行った。

葵が起きないようにそっとベッドに下ろしてから優しくシーツを掛け、葵の荷物を取りに車へ戻った。

網谷は、葵の残りの荷物を手に「お邪魔します」と小さな声で静かに玄関のドアを閉めた。初めて入る葵の部屋に少し緊張している。

シーンとした部屋を1周見回すと、木材の良い香りを放つ壁が暖かみを感じさせた。

大きなキッチンカウンターと椅子が2脚、キッチンの壁面収納には1人分の食器が少しと、クリアな瓶の中には、苺ジャムが入っている。

「へぇ〜インコか」

網谷が鳥かごを覗き込むと、インコは臆することなくキレイな鳴き声で網谷を迎え入れた。

部屋の観葉植物や読みかけの雑誌、ピンクのマットに椅子に掛かったカーディガン、それなりの生活感はあったが、どこか寂寥感が漂う。

綱谷は振り向いて葵を見た後、無言で近づき、ベッドで横になる葵の隣に座り込んだ。

「……………」

葵の様子を見守るが、今までのことを振り返ると心配でならなかった。

(やっぱり病院へ行った方がよかったのか……)

「……?」

寝返りを打って背中を向けた葵は、服がよれ少し見えた肩からは傷痕が見えた。

綱谷は、うつむき加減で静かにため息を漏らす。

全てを悟ったとはいえ、どれくらい酷いものなのかは、そこまでのことは想像がつかなかった。何も助けてあげられない自分の不甲斐なさにつくづく力のなさを感じていた。

(俺にいったい何ができるんだ……)


しばらくして葵が、目をゆっくりと開いた。

「………」

「はっ、文谷、大丈夫か」

「課…課長……」

「お前ん家だ、安心しろ」

「こんな遠くまですみません」

「気にするな。わりぃ、鍵はカバンを触らせてもらったよ。それより、もう大丈夫か」

「はぃ……すみません」

葵はゆっくり体を起こした。何が何やらまだ分かっていない様子だ。

「こんなことになって、ほんと…すみません」

「いや。謝らなくていい」

「何か欲しいものは？　買ってこようか」

「いえ、ありがとうございます」

網谷に言われて、葵は少しずつ思い出した。


少しの時間が流れて落ち着いた頃、葵はコーヒーを入れ差し出した。

「ありがとうございました」

「あぁ、ありがとう」

葵から手に取ったカップに、網谷は口をつける。

「しっかし、本当に山奥だなぁ〜。ここからだと毎日、会社まで大変だろ」

「はい。確かに朝は大変です。でもココが気に入ってるんで」

「文谷、お前1人で怖くないのか？」

「怖くないですよ。逆にココ、静かで落ち着くんです。それに夜になると、月が本当にキレイで部屋中が明るくなるんです。ほんと電気も要らないくらいに」

葵は優しく微笑んで窓から外を眺めた。

「……なぁ、文谷」

「？」

「俺に、話してくれないか？」

「……なにをですか？」

「文谷が、何か怯えてるように見えて俺……気になるんだ」

「……なぁんにもないですってば。私ビビリなんで、ちょっとビックリしただけです」

網谷は葵の気持ちを知った上で、腹を決めて聞いてみた。

「もしかして、怖いんじゃないのか？」

「何がですか？」

「男が」

「………」

「俺、文谷をベッドに寝かせた時見えたんだ……肩の傷」

葵は、はっとなる。

「……そうですか。不快にさせてしまってすみません……嫌なものを見せてしまいました」

「……いや」

「………」

「どう思いましたか……傷ものの私を見て。退《ひ》きましたか？　はは……それとも私が醜いですか？」

「いや、そんなんじゃ……俺は」

「見ないで……」

「えっ」

今まで隠し続けてきた傷を見られてしまったことに、葵は押し殺していた感情が溢れて、泣き叫んでしまう。

「そんな目で私を見ないでー」

「落ち着けって！」

泣き崩れる葵をなだめる。

「いや！　離して！　帰って！」

取り乱す葵を強く抱きしめた。

「聞け！　……俺がいるから。俺が葵を守るから！　だから、もう自分のことをそんなふうに思うな」

葵は初めての感覚を覚えた。自分よりも大きな体にぎゅっと包まれた中で、初めて知る人の温かさと安心感に涙が止まらなくなった。

こんなに近くに誰かを感じることがなかった葵は、初めて彼の甘くて優しい香りに気づく。

ずっと抱きしめられていると彼の心音が葵に伝わって、今までに感じたことのない居心地のよさに不思議でならなかった。

何も言わずに時間だけが流れていった。ずっと寄り添ってくれている彼とは、会話がなくても全然平気でいられた。

（この人といると調子狂っちゃう……私なに安心しちゃってんの。人を頼らないって…1人で生きていくって決めてきたのに）


「少しは、落ち着いたか？」

そう言って、網谷は葵を抱きしめていた手をゆっくり離した。

「あ、課長……すみませんでした。なんか自分でも……」

顔を赤くした葵が、夢から覚めたように我に返る。

「俺、課長じゃない。俺、眞斗《まきと》」

「えっ？」

「……俺、網谷眞斗だから」

そう言って優しく葵に微笑んだ。

葵の心に響いたのは、彼の葵を見る目がとても優しかったこと。

葵はその目を見て、信じてみたいと思うようになった。

そして葵も、彼を見て微笑み返した。

「んじゃ、帰るよ。明日大丈夫か？　仕事来れそうか？」

「はい、本当にありがとうございました」

「今日はもうゆっくり休めよ。じゃあな」

「うん」

このことがきっかけとなって、毎日たわいもない電話をするようになった。少しずつやり取りを続けるなかで、時間を重ねた2人はまもなく付き合うことになった。

今まで感じたことのない経験ばかりで、葵はどこか不安でいっぱいだったが、焦らず少しずつゆっくり彼と向き合っていこうと思っていた。

（人を好きに想うって……恋愛って、どうやってするんだろう。そんなこと、私にできるのだろうか。付き合うことで、私…どうなっていくんだろう）

恐る恐るではあるが、少しずつ彼に近づこうと、小さな1歩を踏み出そうとしていた。

6

翌日。

「葵、おはよう！」

「あぁ、夏希、おはよう」

「昨日大丈夫だった？　いきなり課長から電話かかってきて、葵が倒れたって言うからビックリして。もういいの？」

「うん。もう大丈夫。ありがと」

「課長に葵の家、教えちゃったけど……」

「ううん。送ってもらって助かったの」

「そっか。……で？」

「……ん？　で？　って何よ」

「課長となんかあった？」

「なんにもないよ」

「いいじゃ〜ん、ちょっとくらい教えてよ〜」

「なにそれ、他人ごとだと思って楽しんでるでしょ。なんにもないって言ってんじゃん」

葵は内心、こんな気持ちは初めてで嬉しさを隠せないでいた。興味津々で色々と突っ込んで聞いてくる夏希に、抱きしめられたなんて恥ずかしくて言えるわけがない。

それに初めての経験は、誰にも言わずに大切にとっておきたいこともある。

抱きしめられた感覚が何度も何度も頭をよぎってしまって集中できない。

隠しきれないほど勝手にほころんでくる顔を抑えきれないでいた。今日の葵は仕事中にもかかわらず浮かれていた。

人と人が触れ合うことで、固く閉ざしていた心でさえ揺るがすことができると、葵は思ってもみなかった。

これほどまでの力が、触れ合いにあるとは。見えない力とはこのことだろうか。

葵は、自分の変わりゆく気持ちの変化をどう納得していいのか分からないでいた。

「お疲れ様でした〜」

仕事が終わり、タイムカードを押した葵は会社を後にした。

駅に向かって歩いていると後ろから声を掛けられた。

「葵〜」

「あっ、課長」

葵が振り向くと網谷が手を振っていた。

小走りに近づいてきて……、

「眞斗だろ？　言ってみ？」

2人は笑った。

「今日、今から時間ある？　ちゃんと帰りは送るから、どう？」

「はい、別に何も予定ないです」

「よし。じゃあ、乗って！」

2人は嬉しそうに車に乗り込んだ。

「でさ〜俺の実家で犬飼っててさ、毛並みが茶色いから栗って名前なんだけど、この前実家に帰った時に、親父の目盗んで栗が飯全部食べちゃっててさ〜、オカンは作ってあるでしょ！　とか言って、親父とご飯あるないでケンカになっちゃって大変だったんだよ。栗はケンカも他人ごとみたいに、腹一杯になって満足げな顔で寝てるしさ」

「なにそれ〜、めっちゃ面白い」

2人は食事をしながら、色んなことを話して笑いの絶えない時間が流れた。

いつも通りに気さくに話してくれる彼に、葵は気を遣うことなくそのままの自分でいられる。2人の距離が近づくのに、そう時間はかからなかった。付き合い始めたばかりとは思えないくらいに、2人の息は合っていた。

当たり前のように、そして自然に葵を受け入れてくれる彼に、葵は胸が熱くなった。

(付き合うって楽しいのかもしれない)

店を出ると、彼は車を走らせて近くの小高い丘にある公園で停めた。

「うわぁキレイ！　こんな所で夜景が見れるなんて」

葵は、子供のように満面の笑みで目をキラキラ輝かせながら車から降りた。

「そう、ここからでも十分に見えるってこの前仕事の帰りに見つけてさ。でも独身の男が1人で夜景なんて見てたら、恥ずかしいだろ」

「はは、それはちょっと寂しいかも」

「俺、夜景見るの嫌いじゃないんだけど、変な奴って思われても嫌だし」

「ははは」

「んで、上見て」彼が空を指さす。

「うわぁ、すごい！」

「ココは星も綺麗に見えるんだ。今日は天気もいいからキレイに見れてよかったよ」

「そうね、こんなに綺麗なら、1人だけで見るのは寂しいね」

「だから、今日は彼女を連れてきた」

「………」

葵は恥ずかしそうに視線をそらした。

2人はベンチに座り、視界いっぱいに広がる夜景を眺め、少し時間が経っただろうか。

「綺麗すぎて、どんだけでも見れちゃうね。あたり前だけどさ、あのマンションの明かり一つ一つにも、色んな人が住んでいて色んな人間ドラマがあるんだろうね。そんなことを思ったら、私の嫌なこととか、悩んでることとかも、あの明かりみたいに小さい事なのかも知れないね」

「そっか。少しでも気持ちが晴れるなら、ココを選んでよかったよ」

「ありがとう」

「葵」

「ん？」

彼は、ポケットからネックレスを取り出して葵の首にそっと着けた。

「えっ……これって！」

「葵、言いたくなかったら無理に言わなくていい。辛いことを無理に話す必要はないから。それに辛い時は無理に笑わなくていい」

「………」

「俺、ずっと考えてたんだ。どうしたら葵の心を少しでも軽くしてあげられるかって。俺、なんもできねぇけどさ……俺、力ないけどさ。でも葵のこと大事にするから。俺がいない時は、コイツがいると思って、不安だったり辛くなった時は触って」

「眞斗さん」

「眞斗だろ？」

葵は初めて優しさに触れた気がして、涙を滲ませた。

彼の顔がそっと近づくにつれ、葵は胸が苦しくなって2人は初めてのキスをした。
目を閉じて流れた涙は、葵の今までで一番キレイな涙になった。

今までこんなに優しくされたことはなかったと葵は思う。
葵に大事にするからなんて言ってくれる人がいるなんて……と。
自然に葵に寄り添って優しく笑う彼は、葵に初めて経験する感情ばかりをもたらす。

（この気持ち……どうしたらいいんだろう。私、信じていいのかな……信じてもいいよね）

葵はその夜、家の窓から星空を見て、思い出し笑いが止まらないくらいに1人はしゃいでいた。今日、デートというものをして彼とのキスを思い出すと、キュッと胸が苦しくなった。何もかもが初めてだった葵は、嬉しそうにネックレスに触れながら眠った。

翌朝。

「葵ーおはょ……ちょ、ちょっと！　な…何？　何首に着けてるの？　どうしたの？」

「へへ」

普段、仕事にはシャツとパンツスタイルに時計しか身に着けない葵が、この日初めてアクセサリーを着けてきただけに、すごく目立って見えるほど光っていた。

「まさか、私を差し置いて実は彼氏できましたなんて言うんじゃ……」

葵が、笑顔で夏希を見つめる。

「えぇー、マジでー！」

葵が微笑みながら軽やかな足取りで歩いていく。

「ちょ、ちょっと待ってよ〜。葵〜！」

夏希が興味津々で後を追っていった。


お昼休み、会社近くの公園で。

ブーッ！　と、夏希はコーヒーを噴く。

「えーっ！　課長と？　何で！　いつ！　どうやって！」

「質問、多すぎ」

「早く言え！」

「んー、彼氏なんて要らないって思ってたのにさ、恋愛なんて別にしなくたって不自由しないし、要らないくらいに思っていたんだけどね……彼と話してくうちに、彼なら弱い自分も全部見せていいかもって思えたんだよね。もう、私もこの歳だし年々……気持ちも弱ってきてるし。楽にありのままでいたいから。彼なら、それができるかな〜って」

「昼間からのろけですか。はぁ〜、ごちそうさま！　葵にも先越されちゃって私どうすんのさ〜。でもさ、葵良かったね。あんた本当に恋愛してこなかったから、実はちょっと心配してたんだよね。安心したよ。幸せになってよね」

「うん。ありがと」

「んで、何？　キスはしたの？」

「夏希ってさ、こうゆうことになると、突っ込んでくるよね〜」

「いいじゃん、減るもんじゃあるまいし」

「やだね、言えるのはここまで。あとは教えな〜い」

「こら葵！　ずるいじゃない！　あぁ〜私どうすっかなぁ〜」

「なぁんで、夏希の得意な合コンがあるじゃん。夏希は出会いとチャンスはいっぱいあるんだから」

「あんたね〜。人ごとだと思って！　合コンだって労力とお金がかかんの！」

「ははは」

葵は夏希とそんな話をしながら笑った。

青空の下で彼の話をすると、心が穏やかになっていくのを感じていた。


「じゃ、今から取引先へ行ってくるね」

「じゃぁ、私はオフィスに戻るよ。葵頑張ってね」

「うん、ありがと。じゃあね」

あっという間に昼休みが終わり、２人は別れた。


「お姉〜さん！　俺たちと遊ばない？　どっか連れてってよ〜」

嫌な予感が真っ先に頭をよぎる。

（なんでこんなことばかり、私に起こるの？　いい加減にしてよ。もう、ずっとこんなこと付き合っていかなきゃいけないの？　他の人と同じようには私はなれないの？）

何とかすり抜けようと試みるが、うまくいかない。

「どいてください！」

「いいじゃん！　俺たちと遊んでよ！」

葵の肩に馴れ馴れしく触れ、ニヤッと笑った。パーマをかけた髪を金色に染め、チャラチャラとアクセサリーを揺らし、葵には耐えられないほどの香水をつけた若い男2人が絡んで離れない。

葵は、脈が少しずつ速く打ち始めるのが自分でも分かった。

「いい加減にしてください！　急いでるんです！　邪魔しないでください！　触らないで！」

葵は、眉をぎゅっと寄せて大きな声で言い返して振り切ろうとした。

でも手首をグッと掴まれて、葵を阻止するかのように行く先をさえぎる男2人に、突然の恐怖が葵を襲う。

「なんだババァ！　こっちが遊んでやるって言ってやってんのに、いい気になりやがって！　自分がいい女だとでも思ってんのか！　なめてっと痛い目に遭わすぞ！」

「調子に乗りやがって！」

怒鳴られて掴まれた手首が震えだした。葵の気持ちとは裏腹に、心臓が煽ってきては逃れようにも体がこわばって思うように動いてくれない。

「はぁ。はぁ」

呼吸が乱れ始めて、自分でもどうしようもなく冷や汗が増えていく。

（まただ、どうしよう。なんとかしなきゃ……）

「はぁ。はぁ」

葵、とっさに胸元のネックレスを握りしめた。

（落ち着け！　私、大丈夫！　落ち着け！）

その時、

「お前ら！　何やってんだ！　もうすぐ警察が来るぞ！」

網谷がものすごい勢いで駆け寄る。

「やべっ。おい！　行くぞ！」男らは、慌てて逃げて行った。

「くそっ！　このクソガキが！」

網谷は初めて怒りを露わにして、男たちを睨みつけながら感情を剥き出しにした。

「葵！　大丈夫か。俺を見ろ！　もう大丈夫。俺がいるからな。よしよし」

そう言って葵を抱きしめて、息の上がった葵の背中を必死にさすった。

「はぁ。はぁ。はぁ。はぁ」

路地裏の通り沿いにあったブロックに腰を掛け、葵は時間をかけて少しずつ落ち着きを取り戻していった。

「大丈夫か？」

彼が心配そうに、買ってきた水を手渡した。

「うん、ありがとう。でもどうして？」

「オフィスに戻る時に葵の姿が見えたんだ。走ったけど間に合わなかった。怖い思いさせてごめん」

「そんな、眞斗が謝ることじゃ。ありがと……本当にありがと」

「うん」

「どうやったら治るんだろうね。こんなことで迷惑かけてばっかで情けないね……早く治さないと」

「無理すんな。傷はそう簡単に消えるもんじゃない」

「………」

「送るよ」

彼は葵の手を引いて車に乗せ、家へと送った。

3時間弱かかる道のりでも2人で一緒に何気ない会話をして走れば、そう遠くには感じない。

会社には昼から有給を取って自宅で休養すると伝えたが、事ある度に長時間かかる道のりを彼に走らせてと引け目を感じていた。

家が近づいてきた時には辺りはすっかり暗くなって、ログハウスまでの道はソーラーライトが案内してくれている。こうも暗くなってしまっては、うっすら紅葉がかった景色も見ることはできない。

昼間とは違い、夜ともなれば風も冷たく思うほど、季節の変わり目を肌で感じていた。

7

「送ってくれてありがとう」

そう言って葵が家のドアを開けると、

「うわ、すげぇ！」網谷は目を見開き驚いた。

「葵ん家の窓から、こんなにも大きく見えるのか」

そう言いながら網谷は靴を脱いで、圧倒されながら部屋の中へ吸い込まれるように入っていった。

目の前の大きな1枚の窓越しに、正面から月が堂々たる姿で現われた。一瞬にして心の中まで見透かされたような、迫力のある光景が広がっている。

幻想的とはこのための言葉であるといってもおかしくはないほど、非日常的な不思議な世界感に襲われて、網谷は驚きを隠せないでいる。

やんわりと優しい光が部屋中を包んで、天然の照明がムードを作った。

「でしょ？　電気も要らないくらいでしょ。もったいないから月が出た日は、こうやって部屋から見てるの」そう言って葵は、カウンターに鍵とカバンを置いた。

「うん、これはすごいな。葵が前に言ってたけど、ここまですごいとは思わなかったよ。これが普段の毎日の中で味わえるなんて、ある意味贅沢な生活だな。この前見た星空なんて比べものにならないよ。葵が羨ましいな」

「私もね、コレが気に入ってココに決めたの。冬になると空気が澄んで、もっと綺麗なの」

「この前、葵を運んだ時には気づかなかったな」

「あの時は、お天気が良くなかったし、部屋の電気が点いてたから」

そう話しながら2人はベッドに腰を掛けて、しばらく目が離せないでいた。

「今日は満月だから見応えあるね」

「うん、ずっと見ていたいくらい本当に見事だ。葵が言う、冬にはもっと綺麗なら、その時も一緒にココで見ていい？」

「ふふ、もちろん」

差し込む月明かりが2人を和ませる。


「葵」

網谷は、指先で葵の髪に優しく触れながら名前を呼んで、葵の頬にそっと手を添えた。

網谷は葵から目をそらすことなく、ゆっくりと顔を近づけていった。

葵は彼の顔が近づくにつれ、心音が聞こえてしまうんじゃないかと思うくらいに鼓動が高鳴る。2人はゆっくりとキスをした。

網谷は葵を見つめながら葵の服のボタンに手を掛け、優しく一つ一つゆっくりと外していった……。

葵は彼を見るものの、うつむき加減に目をそらしてしまい、体が小刻みに震えていった。

まるで、怯えた子犬のように……への字に下がった眉が葵の心の弱さを覗かせた。

「怖い？」

彼の言葉に葵の目が潤んでいく。

知られたくなかった過去……、ずっと隠してきた惨めなこの体……を、彼の前でさらけ出すのだから葵は全力で自分自身を奮い立たせるような心境のなか、小刻みに震える体を止められずにいた。

網谷がゆっくり葵のシャツを下ろすと、沢山の無数の傷が痛々しく刻まれている。

網谷は内心驚いた。ここまで残酷で酷いものとは思ってもいなかったのだ。葵に掛ける言葉を探してしまう。

ガクガクと体を震わせながら、とてつもない覚悟を決めて自分の体を初めて見せた葵は、何を言われるか分からない恐怖と共に、言葉にできない屈辱が今にもこぼれそうな涙となる。

網谷は、葵の顎の傷にそっと触れて、撫でながらこう言った。

「痛かったな……葵」

彼は、穏やかに言ってみたが内心は戸惑っていた。

(この傷の量……酷すぎる。ずっと誰にも言えずにきたんだろうか。こんな小さな体で、葵はどれだけの苦しみを1人で背負ってきたんだろうか。この前、大事にするって言ったけど、簡単に言い過ぎてしまったのか。俺はこの先、葵をどう守ればいいんだろう……)

目の前で震えて今にも崩れてしまいそうな葵に、優しく彼は言った。

「葵、大丈夫だから。何も考えなくていい。俺だけを見て」

網谷はまた、葵を守っていくことを模索しながらも、今は安心させることに徹底した。

葵は恐る恐る顔を上げると、涙が頬をつたってツーッと落ちる。

月明かりに照らされて、透き通った嘘偽りのない目で、葵だけを真っすぐ見る網谷がいる。

「信じて……俺を信じて……」

網谷は、怖がらないように、優しくそっと近づいて、筋肉質な大きな体で、ゆっくりと時間をかけて葵を包んでいった。

葵は、彼の緩やかに吐く息遣いを、こんなにも近くで感じたことはない。

と同時に、いつもの彼とは全く違う一面を見せる網谷は、葵の前で余裕さえ感じさせた。

網谷のサラッとした髪が葵の顔にかかって、優しくリードしていく網谷に、葵はゆっくりと目を閉じて彼に身を委ねた。

唇を重ね、網谷の手が葵の体に触れた時、ぞくぞくと電気が走るような感覚に襲われて、少し高めの彼の体温を葵は体中で感じた。

少し眉を寄せた葵は、目を閉じて彼の耳元で、吐息混じりの息を吐いた。

不安を取り除くように、網谷は葵の手を握りながら優しく丁寧に心と体を重ねていった。

葵が時折目を開けると網谷は安心させるかのように見つめてくれている。
葵の存在を一つ一つ確かめるかのように、彼の手によって葵の心は満たされていった。
葵はこの時、初めて愛を知って……愛されることを知った。

8

翌朝、2人は新しい朝を迎えた。

何も身にまとっていない2人にシーツだけが掛けられ、お互いを寄せ合うように眠っていた。

網谷が目覚めると、隣には涙で目を腫らしながらも幸せそうにスヤスヤと安心しきって眠っている葵がいる。

網谷は横になりながら肘をつき、葵の寝顔を嬉しそうに見ていた。

葵への愛おしい気持ちが強くなっていく。

すると葵が、ゆっくりと目を開けた。

「おはよう」

「お、おはよう」

「何、恥ずかしがってんの？」

「そ……そんなことないもん」

葵は体を起こし、顔を真っ赤にして胸元にシーツをたぐり寄せる。

「ふっ」網谷は笑うと、たぐり寄せたシーツを奪って葵を後ろから包んだ。

経験したことのない、初めての朝を迎え、恥ずかしくなるようなことも彼は自然とやってのける。

付き合うと皆、こんなことを平気でしているのだろうかと思ったが、嬉しさを隠せずまんざらでもなかった。

シーツの中では葵の背中の傷を、彼の体温が癒やしてくれているように感じた。

全てを受け入れてくれる彼と想像もしていなかった夢のような時間を今過ごしている。

「あのインコ、なんて名前？」

「小豆っていうの。キレイな色だったから気に入っちゃって」

「うん、キレイだ。なぁ、葵。小豆も1人で寂しがってんじゃない？」

「えっ？」

「小豆がピンクなら、ブルーのインコも飼わない？　俺と葵みたいに」

「うん、それもいいね」

これからの2人の未来を想像しながら、2人の会話は飛び交い、弾み、膨らんでいった。

途切れることのない話は、絶えず笑いが溢れている。

冗談を言う彼に、大きな口を開けてゲラゲラと屈託のない顔で笑う葵。

こんな日がくるなんて、想像もしていなかった葵は、まだ全てを夢だったんじゃないかと思ってしまう。

所々、葵にも伝わってくる、彼の気遣いに葵は少しずつ明るさと強さと自信をつけていった。


ブルーのインコを連れてきたと同時に、静かなログハウスで2人の生活も始まった。

小豆に合うような淡いブルーのインコを2人で選んだ。

2人で荷物を少しずつ運び、部屋には彼の物が徐々に増えて賑やかになっていった。

カントリー風スタイルの葵の部屋が、彼の家具と入り交じって、もはや何スタイルとも言えなくなった。

「葵～ココに俺の本も置いていい～？」

「うん、いいよ〜」

網谷は、小物が置かれている小さな棚に、家から大事そうに持ってきたお気に入りの本を並べた。

休日には、ショッピングに出掛け、何でも2人で選んで決めて、足りない物を買いに行く日が続いた。洗面所に行っても、キッチンに行っても、色んな物が2個ずつ並ぶようになっていった。そして、お揃いのマグカップにコーヒーを入れて朝を迎える毎日になっていた。


1人で生きていくと決めて買ったはずのこの家と、孤独を常に感じていた毎日の生活は、彼と出会って一変した。

夜の窓から見える、満月の素敵な景色も2人で見るようになった。

もう1人で泣くこともなくなって、こんな日がくるなんて……と葵は驚きを隠せなかった。

急展開を迎えた目まぐるしい毎日は、これでいいのか…これでいいのか…と自問自答している暇もない。

ただ葵が確信して言えることは、自分が初めて心から信じた人と今一緒にいられる時間に後悔はないということだった。

「小豆にこまめ〜ご飯だぞ〜」

インコの餌やりは網谷がすることになった。植物の水やりは葵が担当することに。誰が何をと話し合って決めたのではない。自然とそう役割がついていったのだ。

網谷もまた以前は1人でマンションに住んでいたため、お互いに寂しくなることはなくなった。むしろ、森の中のログハウスで葵と過ごす生活に楽しいことしか想像できず、自然と一体になった気分で全てに対し充実した時間を味わっていた。

とはいえ、一緒に住んでいると見えない一面が見えてくるもので、彼の新たな一面を見つけるたびに、葵にとっては新鮮で楽しくて仕方なかった。

例えば、休日に動物園へ行こうと前から決めていた朝。

朝食を作っていると……、

「葵、コレどう?」網谷が葵に服を見せた。

「何それ、ダサい。色が合ってない！　次っ」

「コレはどう？」

「ん〜何か違う。全体的に古い！　次っ」

「こうかな」

「何で、全部ズボンに服入れちゃうの」

「こう？」

「うん、よしっ」

といった具合に彼のセンスのなさに気づく。

でも葵の名前を呼んで駆け寄り、服のコーディネートを聞きに来るような、そんな可愛い一面もあるのかと同時に知るのだ。

時には、可愛らしい小さなケンカだってすることもある。

でもそんな時でも網谷が決めたルールがあった。ケンカした時はどれだけ長引かせても意味がないからという理由で、3分以内に仲直りをするという勝手なルールだ。

葵がどんなに腹が立っていても、彼が口を尖らせてキスを迫って追いかけてくるのだ。

こうなっては、もはやケンカのようでケンカではなくなる。

終いには逃げ回っているうちに笑いが止まらなくなって、いつの間にか何で怒っていたかさえ忘れてしまう。

それはお互いを必要としているから。心から怒っているのではなく、むしろ怒っている顔が愛おしくて、わざと怒らせる時だってあると気づかされる。

毎日が楽しくて仕方がない葵だった。

恋人や夫婦や、一緒になる2人はどこかしら似ているところがある。

顔だったり、性格や価値観だったり、こだわりといったものなど何か共通点があるものだ。

葵たちもそうで、2人は食べ物の好みが一緒で、外食する時にお店選びに困ったことはない。

基本的に好き嫌いはなく何でも食べる2人は、毎日の献立にもあまり悩まないで買い物をしている。

花や色の好みも似ているらしく、2人揃って「何となくこっちの色かな〜」とぼんやりとした直感みたいなものがはたらき、悩むこともなく、あっさり決まっていく。食器やベッドのカバーなどもサッと決めても、意見が一致する。

それに、笑うツボはお互いに違っていても好きな番組は一緒だからチャンネル権を取り合うことなくテレビが見られたりする。

映画一つにしても悩むことなく、直ぐに観に行ける。

同時に、泣きながらでもポップコーンを食べる手は止めなかったり。更にいうなら、彼は葵がハンカチで拭いてくれるのを涙が流れたまま待っている。

そんな一面も、葵という存在を必要としてくれていると実感できるから嬉しく思えた。

甘えん坊な一面や、頼りになる時やドキッとさせられるような一面もあったりと色んな彼を見せてくれるたびに、気持ちを振り回されているような気もするが、心を開いてくれていることに違いはないと思える。

何より心配性の網谷は、戸締まりから毎日の葵の行動まで把握していないと心配で仕方がない。

「窓閉めた！　電気も消した！　葵〜もう出れる〜？」

「は〜い、大丈夫だよ〜」

「あれ？　裏口って閉めたっけな。葵ちょっと見てくる、待ってて」

「はいはい、分かりました」

「OK！　もう大丈夫！　確認した！」

「あとは～、葵いる～？」

「ここにおるやろ！」

たわいもないことが嬉しくて、一緒にいるだけで楽しくて、今までで味わったことのない想像してもいない毎日が今ここにある。


いつも通りにテラスで、バーベキュー用に買った椅子に腰を掛けて2人でコーヒーを飲んでいる時、

「葵？　毎日、俺といて楽しいか？」と、テストの答え合わせをするかのように定期的に網谷はこう聞いてくる。

「うん、楽しい。こんな幸せな毎日がくるなんて、思ってなかった。なんで？」

「そっか、良かった」そう言って網谷は毎回安堵する。

葵を大切にすると言った時から、気になるのだろうか。

それとも一緒にいるにもかかわらず、過去のことを思い出させて不安にさせていないだろうかと心配になるのだろうか。

はたまた、男としてのプライドか。何にせよ、葵は網谷のそんな気持ちをよそに安心して笑っていられた。

この暮らしを、当たり前だとは思っていない。葵は心の中で、感謝をしながらこの幸せを噛み締めていた。

「どうしたの？」

「いや今度さ、まとまった休みが取れたら一緒にどっか行かない？　葵と行きたいとこいっぱいあってさ！　旅行もまだ行ってないし、写真もいっぱい撮りたいなって思ってさ。まだ2人のちゃんとした写真も部屋に飾れてないだろ？」

「うん、嬉しい。私も行きたい、楽しみ！」

「葵は、どっか行きたい所ある？」

「う～ん、海鮮料理が食べれて、お肉が食べれて、お寿司とスイーツが食べれるなら、どこでも行きたい！」

「やっぱり、食い気か。はは」

網谷は今までの葵の過去を埋めるかのように、少し焦っているようにも見えた。

「まきと、ありがとう」

「うん、今の目標は旅行と写真だな！」

と言って、次から次へと網谷は嬉しそうに、これから2人でやりたいことを話し始めた。

「あと、俺の方こそ……ありがとう」

「えっ？」

「俺も、葵といて毎日が楽しいから」

網谷はそう言って穏やかに笑う。

葵の存在価値をいくつも知らせてくれる彼の言葉は、殺してと願い続けてきたあの頃の葵に対して、生きる意味を教えてくれているようだった。


葵にとっての今までの人生の大半は、やり場のない消えない痛みとなって過ぎていったが、卑屈な毎日だった葵が、彼と出会って優しさと愛をもらうことで、消せはしないが自分の過去を受け入れようとまで思うほど、葵の考え方でさえも変わっていった。

そして、彼の力によって、葵は前を向くようになっていった。


「そうだ！　今日天気がいいからさ、外でバーベキューでもしちゃう？」

「おっ、やっちゃう？」

「サンマもお肉も両方あるよ」と葵がニヤッと笑って言う。

「おっ！　いいねぇ！　ビールあったっけな～」

冷蔵庫の戸を開けてビールを探す彼の後ろ姿に……、

(この幸せがずっと続きますように)

9

2年後。

葵にとって、あっという間に月日は流れた。

彼は2年経っても何も変わっていない。

出会った時の、あの時のままだ。葵の家に来てからキャンプ用品やバーベキュー用品にすごく詳しくなって、グッズを集めるのに凝りだしたのが、変わったところと言えるくらいだ。

「葵、俺さ今日は会議があるから先に帰ってて。たぶん、遅くなるかも」

「え〜今日、眞斗の好きなお好み焼きにするって言ったじゃん」

「ごめん、早く帰るようにするから」

「とか、なんとか言ってこの前みたいに、誘いに断れなくて食べてきちゃったーとか言って帰って来るんでしょ」

「今日は食べないで帰って来るから」

「本当かな…食べないで私待ってるんだからね。お腹空かして待ってる私のこと忘れないでよ」

別にそんなことくらいで困らせるつもりはなかったが、1人で待っている時間が少しつまらなく思って意地悪っぽく言ってみた。

不意に彼が葵のおでこにキスをした。

「約束する。だから朝から不機嫌にならないで。さ、車に乗って」

彼はそう言って、車のドアを開け葵を乗せた。

自転車と電車通勤だった生活が、朝だけは彼の車で2人一緒のドライブ出勤になった。充実した家での時間と、仕事にも更にやる気が出て、全てがうまくいっている。

仕事が定時で終わったことで、葵は買い物をしてから自宅に帰ることにした。

朝から話していた、彼の大好きなお好み焼きを作ろうと、大きなキャベツを1玉買って帰った。彼の喜んだ顔を思い浮かべながら、自宅のドアを開けた。

「小豆～、こまめ～、たっだいま～」

2羽に挨拶をするとチョンチョンと撫でる。

鳥かごの中で、ピンクとブルーが入り交じることで更に華やかに見えた。

小豆も、こまめが来たことで寂しくないように感じるのか、いつも2羽が仲良くじゃれ合っている姿に葵も心がほっこりする。

今日は朝少し寝坊したから、時間がなかったことで彼のパジャマがそのまま脱ぎ捨てられていた。

「あ～ぁ、そのまんまの形で脱ぎ捨てちゃって子供みたい」

そう言って葵は含み笑いで片付けた。もう気分は彼の奥さんだった。

そこへ、1本の電話が入る。

「もしも～し。夏希？　どうしたの？」

「葵！　あんた今どこ！」

「えっ？　どこって、今家に帰ってきたとこだけど……」

「いい葵！　落ち着いて聞きなよ！　課長が事故にあったって！」

「……えっ」

「今、会社に連絡が入ったの！　救急搬送されて桜中央病院で治療受けてるって！」

「……うそ」

「ね？　葵？　聞いてるの？」

「う……うん」

「早く行ってあげて！」

そう言って夏希は電話を切った。

何だか慌てふためく様子の夏希に、葵は焦る気持ちを抑えながら時刻表を調べる。何とか無人の田舎駅から街までの最終電車があと一本残っていた。

買ってきたキャベツも転がったまま、急いで家を出て自転車にまたがった。

ブレーキを掛けることなく猛スピードで坂を下っていった葵は、はらはらと落ち着かない心境で、最終電車に乗り込んで病院へ向かった。

気が動転して何が何だか分からないまま家を出たから、鍵もちゃんと掛けたかどうか分からない。

（朝、私がご飯を食べないで待ってるからって言ったから？　私が早く帰って来るように急がせてしまったから？　私のせいだったらどうしよう）

頭の中は彼のことしか考えられなかった。


気持ちが落ち着かないまま、息を切らして病院へ駆けつけた葵。

正面まで来たが玄関は閉まっていて、何故こんな時に限ってと苛立ちを感じながら、走って裏口まで回り込んだ。

今まで、こんなに全力で走ったことがないくらい、気持ちは焦り受付を探した。

「はぁ。はぁ」

息を切らして受付の前で辺りを見渡して人を探す。受付のベルも鳴らしてみたが、誰もいない。

「あの……誰か、誰かいませんか！」呼んでみた。

「文谷葵さんでいらっしゃいますか？」

振り向くと白衣を着た40代くらいの男の医師がそこに立っていた。

何故、私の名前が分かったのだろうか。でも、彼に会えるならそんなことはどうでもよかった。

「は、はぃ。そうです」と言うと、医師は顔色を変えることなく「こちらです」と言って案内した。

「……」

診療時間は勿論のこと、就寝時間もとっくに過ぎている。

廊下は消灯されていてとても暗く、葵は医師の後を離れずに歩いた。

ある病室の前で医師の足が止まった。何も言わずに無言でそっと、ドアを引くと医師は「どうぞ」とそこで初めて声を発した。

病室に入るとシーンとしている。そこには何の音もない。ベッドの網谷の頭には包帯が巻かれていて、麻酔が効いているせいなのか静かに眠っていた。

葵は眠っている彼を起こさないように、声を荒げることなく、すぐさま医師に向かってこう言った。

「先生？　まきとは、彼はどんな感じなんですか？　大丈夫なんですか？　治るんですか？」

「……」

焦る葵は、口を開けば聞きたいことが山ほど出てきて止まらない。

数秒の沈黙があっただろうか。医師は言葉を考えた末にやっと話を切り出した。

「申し上げます。午後18時頃、救急の連絡を受け、網谷さんが搬送されてきましたが、着いた時にはすでに心肺停止の状態でした。手は尽くしましたが……残念です」

願っていた幸せは、そう長くは続かなかった。

目の前で眠っている網谷は麻酔なんかで眠っていなかったのだ。

静かに横たわっている彼は死亡していると、そこで初めて知らされた。

「……ぅそ……ぅそよ。そんな……な、何を言って……」

顔面蒼白の葵は、現実をすぐには飲み込めないという面持ちを浮かべ、頭が真っ白になった。

「警察の話によると、歩道を歩いていた際、通りすがりに急ぎゆく人とぶつかった時に荷物を落とされてしまったとか。それを拾うために網谷さんは道路に出てしまい事故に遭われたようです……」

シーンとした部屋には、まだ飲み込めていない小刻みに震えた葵の息遣いだけが聞こえていた。

医師は葵に頭を下げた。葵と網谷を2人部屋に残し、そっと出て行った。

肩から掛けていたカバンは落ち、葵は眠った彼の隣に置いてあった椅子にストン……と座った。

「……」

（そんなの……何かの間違いだよ。だって今日の朝まで一緒にいたのに）

葵の揺れる眼球が眠る彼の顔を追った。

「眞斗……？　眠いの……？」

葵はそう言いながら彼の顔に近づいた。ゆっくりと彼の頬に手を伸ばした。触れた顔は冷たくなって、いつもの優しい目は閉じていて見ることができなかった。

「今日、眞斗の大好きなお好み焼きを作ろうと思ってたの。食べたいでしょ？　早く一緒に帰ろ」

そこに返事はない。

「眞斗……起きてよ。小豆とこまめだって待ってるし……そ…それに家に帰ったら冷蔵庫に残していたケーキ食べるって言ってたでしょ。だから…早く…帰ろ」

一緒に帰りたくて握った手は握り返してもくれない。この大きな手で葵に触れることはもうない。

「………」

彼の胸元まで掛けられた布団を少しめくった。葵は座ったまま彼の胸に、そっと顔を置いてみた。温かさも、息も…心音も…ない。

信じがたい現実をどう受け止めたらいいのか分からない。今までの2人の思い出が葵の頭を駆け巡った。

「ま、まだ……2人で言ってた旅行にも行けてないでしょ？　記念日の写真もまだ撮れてないぃ…でしょ」

「………」

「……やだ。守るって言ったじゃん……私を置いていかないで…お願い………私を1人にしないで」

葵は彼の冷たくなった胸を抱えながら1人泣き叫んだ。

「いやーーーー」

これから彼と楽しいことしかなくて、色んなことを2人で沢山経験して思い出を増やしていくことしか想像していなかった葵は……突然こんなことになって、彼のいない毎日を想像するとゾッとした。

返事のない、シーンとした部屋で2人だけの時間がしばらく流れた。

葵は彼の胸に耳を当てたまま、抜け殻のように2人がよく聴いていた思い出の曲を、途切れ途切れに声を震わせながら歌った。

彼が葵に言ってくれた言葉が、呼びかけるように次々と押し寄せてくる。

心にぽっかりと穴が開いて、何も手に付かない。明日からどうやって生きていけばいいのかさえ、もう分からない。

そして、絶望した葵が笑うことは……もうない。


彼から離れられないで呆然としている葵に声が掛けられた。

「あの、あなた……まきとの」

葵は振り向き様に、彼の胸から頭を起こした。

「どなたですか？」

「眞斗の母です」

「えっ？　眞斗の……お母さん」

初めて会う彼の母は、物腰柔らかい口調で声を掛け、葵の母親とは天と地の差で、羨ましいくらいにとても優しそうな人だった。

2人はロビーへと場所を移し、葵は肩を落として縮こまるように椅子に座った。

「あなたが、眞斗とお付き合いしていた人？」

「はぃ。ふ、文谷葵です」

「あの子ね。最近、嬉しそうに電話くれるようになったの。俺に紹介したい人ができたんだって。嬉しそうに言ってね。歳も歳だったから、なかなか彼女の話すらも出てこないもんだから心配してたんだけどね。守ってやるんだって。よく食べる元気のいい子だって。今度、紹介するって言ってくれてたのよ。なんで、こんなことになったのか……」

お母さんは、顔にハンカチを押し当てた。

「葵さん、ありがとうね。眞斗と一緒にいてくれて……ありがとうございました」

お母さんは、最後の挨拶かのように葵に丁寧に頭を下げた。

「ち……違うんです」

泣きながら震える声で葵は力を振り絞って話し始めた。

「えっ？」

「ち……違うんです。いつも助けてもらってたのは私の方で……いつも守ってもらってばかりで……私、彼に何もしてあげられてないんです。彼を必要としてたのは……私の方なんです。まだ何も返せてないんです……言いたいこともいっぱいあって、まだ何も伝えられてないんです……うぅっ」

葵はボロボロと涙を流し、後悔と自分の弱さを露わに見せた。

すると、眞斗の母は目を滲ませながら優しく微笑んだ。

「あの子が選んだ人だから。あの子は、何も要らなかったはずです。あの子は、あなたから何か貰おうなんて思っていないはず……ただ、あなたを好きになって……ありのままを受け入れてたはずです。何もしてあげられてないなんて、思わなくても……あの子は、あなたと一緒にいられただけで幸せだったはずだから」

そう言って、お母さんは赤くなった目で、ある物を葵に手渡した。

潰れて真っ黒になり、原形を留めておらず、中身が何かが分からない。何やら紙袋のような物だった。

「これね…さっき警察の方から渡されたの。眞斗が持っていた物だって。これを拾うために事故に遭ったたって……」

「えっ、これはお母さんが持たれていた方が……」

「ううん。これはね、あなたが持っていた方がいいから」

「いいんですか？」

「いいの。もらってくれる？」

「はい……ありがとうございます」

「まだ話が残っているから、また後でね」

そう言うと眞斗の母は、小さくなった背中を向けて、その場を後にした。

ロビーで1人になった葵。

椅子に腰を掛け、ボーッとしながら袋に目をやる。

眞斗が拾おうとしていた物は何なのか、知ることが一瞬怖くなったが、震える手で真っ黒に汚れたボロボロの袋をそっと開けてみた。

中には破れた箱があって開けてみると、そこには潰れた指輪が入っていた。

葵は床に両膝をついて崩れ落ちた。大粒の涙を流し、どう息をしていいのか分からない。

葵は胸にあるネックレスを握りしめた。

（痛い……胸が痛いよ……助けて……助けて）

やり場のない気持ちに葵は、うずくまって動けなくなってしまった。

葵は、神様なんて大嫌いと……自分の過去はさておき、これほど神様を恨んだことはない。

(どう、生きていけばいいのか……私もう、分からない)

誰も信じられなくなっていた葵の心を彼はこじ開けた。愛を知らない葵が、彼の手によって愛を知った。生きる意味を教えてくれたのも彼で、心からの幸せを感じられたのも彼がいたから……。

彼がいないとダメなのに、この日葵は全てを失った。

10

あれから3ヶ月後。

何も気力が起こらない葵は、ボーッとする日々が続いた。

夏希が休職の手続きをしてくれて、ずっと引きこもっている。

外はいつもの景色のはずなのに、2人で見た時の景色とは違って見えた。

誰かのために作るわけでもないからと、料理も適当になってしまった。適当な食事でさえも目の前に置いてみたが喉を通っていかない。

会社にも行けず、毎日毎日彼を失った苦しみにもがいていた。

少しでも気が緩むと、彼との思い出が押し寄せて切なさだけが残った。

寂しくて、夜は彼の匂いが残った服を抱きしめて寝ている日々。

この喪失感にどうにもこうにも前に進めないでいる。

ベッドから窓枠に腕をもたせかけ、顔を傾けて外を見た。

（彼に……会いたい）

少しでも気を抜くと、時間を忘れるくらいに彼との思い出を振り返っている。そんな日々の繰り返し。

この日も葵は、彼の母親と話したことを思い出していた。こんな言葉が聞こえてくる。

「あの子ね、小さい時から戦隊ものや冒険もののテレビを食い入るように見てね。そう、なんて言ったかしら。眞斗が今でも持っている本の中にね、題名はちょっと……思い出せないんだけど。とにかく、その本のように僕は強くなって大切な人を守りたいんだって嬉しそうに言ってたわ」

「………」

しばらく考え込んで、（なんだろう）と思う。

葵は、彼がいた時のままの部屋を見渡した。

（だから、時々私に確認するように「俺と一緒にいて楽しいか？」なんて聞いてきたのかしら）

本棚には部屋で撮った2人の写真が1枚だけ飾られている。その隣には彼がこの家に持ってきた本が並んでいた。

(この本のことかしら)

葵は、ゆっくりと本に近づいて何気なく手に取ってみた。

年季が入った緑色の表紙は色あせ、5巻あった。彼がよっぽど気に入っていたのか、所々破れていたり、隅の方にはページがめくれていたりしていて読み込まれている感じだった。

本の題名は「エイトの大冒険」だった。エイト＝無限という意味が込められているらしい。本の帯に書かれている文を読んでみると、どうやら内容は勇者が命を懸けて捕らわれた姫を助けに行く内容の本らしい。

(もしかして、お母さんが話していた本ってこのことかしら?)

葵は少し優しい気持ちになった。パラパラとめくると、1枚のメモ用紙が挟まれていた。

「ん?」

葵が手に取ってみたそこには、彼が書いた一言が書かれていた。

—葵、笑え—

「えっ」

葵は、急に胸が熱くなった。溢れ出る涙を止めることはできなかった。

手に取ったメモ用紙が涙で濡れていく。

急に寂しさが襲って、急に会いたい気持ちが高鳴って、彼のストレートな愛に胸が痛くなるくらいに今、苦しい。その文字が分からなくなるほど気持ちが溢れてしまう。

葵は泣きながら2冊目の本を手に取った。

すると、また1枚のメモ用紙が挟まっていた。

―葵、泣くな―

3冊目。

―葵、愛してる―

4冊目。

―葵、強くなれ―

5冊目。

―葵の夢に突き進め―

彼が葵に残したものは、葵の沈みきった心を動かした。葵は、何かに気づかされたかのようだった。

胸を突かれたような感覚になって、葵の涙が止まった。

(私…まだ、眞斗に何もしてない……。私…まきとに伝えなきゃいけないこと…あった)

彼は、お気に入りのこの本の主人公に自分の気持ちを乗せて、脆く崩れそうな葵を重ね合わせていた。

背中の傷を見た時から、決して葵の手を離さないと。必ず俺が守ると。彼もまた、この本のように、葵を二度と泣かすまいと気持ちを奮い立たせていたのかもしれない。

網谷は、いつか葵が落ち込んだ時に、ふとこの本を手にしたことを想像し、葵を励ますためにこっそりとメモを挟んでいたのだとしたら、葵の心の傷を癒やすことは、容易ではないことを網谷もまた感じていたに違いないだろう。


ピーピピピ……。

普段、そんなことはないのに、急に何か言っているかのように、ブルーのインコがいつも以上に鳴き始めた。

ぎゅっと胸にメモを握りしめ、葵は泣きながら「頑張ります」とこまめに向かって言った。

それは、彼が頑張れと言っているように聞こえたからだった。

まるで、彼と会話をしているかのように。

11

それから2年後。

葵は、彼がくれたネックレスに潰れてしまった指輪を通して、毎日外すことなく着けている。

そして、彼を失った悲しみを振り切るかのように、仕事に力を入れた。

自分があまり気に入らない案件も、率先して受け入れ、デザインに没頭した。

彼が残したメモの言葉を強く心に刻んで、無駄にしないようにがむしゃらに一心不乱になって仕事に打ち込んだ。

デザイン部に入った時に願ったいつかの漠然とした夢は、明確になり、全ては夢を叶えて彼に想いを伝えるためだった。

依頼する相手が何を感じて何を伝えたがっているのか、それを今の葵の力を出し切り、デザインやキャッチコピーという形にする。

どうすれば多くの人に伝わるのか、どうすればデザインにした時に、目に留めてもらえるのか、この仕事の難しさを改めて感じながら、幾度となく考えるようになった。


ある時、葵に1つの大きな案件が舞い込んだ。

あらゆる街の複数のビルの屋上や都心の駅前ビル、百貨店の屋上やバス停など、デジタルサイネージを使って大規模な広告デザインを発表することだった。

規模も今までにないほど絶大なだけあって、もし採用ともなれば世に大きく名を知らせることになるだろう。

葵は、網谷に伝えたかったことを伝えるために、願ってもないチャンスだと思った。

葵は、迷わず「はい」と一言即答し、直ぐさまその案件を受け、チャレンジしてみたいと思った。

依頼主は天然石を扱うアクセサリーの会社。

すでに海外では広く知られ、着々と店舗を増やし、知名度も上げている。最近では、天然石以外にも、思い出の石を持参すれば好きなデザインのアクセサリーに仕立ててくれる新しい取り組みも行っていて、全ての世代から支持を得て話題になっていた。

以前、海外アーティストが来日した際に使用していたことをきっかけに世間から注目を集め、テレビなども取り上げ始めていた。

今回は、話題になってから新店舗がオープンするとあって、期待の目で皆が待ち望んでいる。

先方は「全てをお任せしたい。まずは自由に描いてみてください」と言ってくれている。葵にとってずっと夢みていた、縛りのない自由に描ける案件だった。

何日も何日も悩み、紙に描いては何か違うとグシャッと潰して捨てる日々。葵は自分の納得いくまで突き詰めた。

寝る間も惜しんで、考えついた葵のデザインは、言葉にできない想いをぎゅっと詰め込んで、ようやく完成した。


数週間後。

とあるイベント会場の舞台裏に、葵は立っていた。

「葵、もうすぐだね。緊張してない？　大丈夫？」

「夏希……」

「あぁ～、なんて顔してんの！　そんな難しそうな顔してたら写真撮ってもらえないよ！　ほら深呼吸して」

「ん……そうだね」

葵は、夏希に合わせてゆっくりと大きく息を吸った。

「葵、自分が描いたポスター、ずっと夢だったでしょ。よく今日まで頑張ったね。今日は、悔いなくちゃんと皆に見てもらおうね。それと……この作品が課長に伝わるといいね」

「夏希……ありがと」

「ほら、なんて顔してんの！　せっかくした化粧が台無しになっちゃうよ！」

夏希が優しく葵を見て微笑んだ。

「葵、胸張って……いっといで！」

「うん」

葵は、夏希に背中を押されて緊張しながらも、力強く1歩を踏み出した。

ステージの上を確実に歩いていく葵の姿は、どこか力強さが漂っていた。

実は、ステージに立つ前に葵はあることをした。

本番当日の朝、葵は家を出る前にいつものようにこの台詞を言う。

「よしっ。じゃ〜小豆にこまめ〜行ってきま……」

透明感のある高く綺麗なインコのさえずりは、流れる時間さえ忘れさせる。

これまでも、色んなことがあったがその都度このさえずりに何かと助けられていた。

葵はこれまで、小豆とこまめを自分と眞斗に重ね合わせて見ていた。

この、完成発表の当日を迎え、

「あなたたちは、こんな所にいるべきじゃないね。こんな狭い鳥かごの中より、もっと羽ばたくべきだったね。今まで本当にありがとう」

葵は、優しく笑ってから、窓を開けて鳥かごを開放した。

「わぁ!」

2羽のインコは一緒に青空に向かって、くるくると旋回しながら自由に大きく羽ばたいていった。

「仲良くね〜。ケンカするんじゃないよ〜」

葵は笑って見えなくなるまで見送った。

２羽の嬉しそうに羽ばたく姿は、まるで空に向かって、葵の想いを眞斗に届けてくれているかのようだった……。

（あなたと過ごした日々は、私の未来に生きていく意味を教えてくれました）

司会者がマイクを持ち、イベントが始まった。

「それでは、当社新店オープンに伴いイメージポスターを手掛けていただきました文谷葵さんです。まずは、作品の発表をさせていただきたいと思います。作品オープン！」

カバーが外され大きなポスターが現われ、ライトに照らし出された。

それは、真っ黒い１枚の大きな紙に手が描かれていた。

その手は空から何か降ってくるものを受けるかのような格好をしていた。

手の平に向かって、上から琥珀色の光が差している。受けた両手を照らしていたものは、彼が葵に渡すはずの指輪だった。

石はそのままに、歪んで潰れてしまったリングは、このポスターを描く前に広告主の店舗に依頼をし、新しいものに仕立ててもらった。

スッキリとしたスマートなデザインのリングは、石が映えるようにアームにはピンクゴールドを選んで、まるで指輪が蘇ったようだった。

そこに書かれたキャッチコピーは「大切な1つを　あなたのそばに」。

それは、真っ暗だった葵の心に、彼と出逢ったことで葵の明るい未来を輝かせてくれているかのようなポスターとなった。


葵の作品は、この発表から街のあらゆる所で目にするようになった。

駅から出てくる多くの人々は、ふと目の前にある駅前ビルに目をやる。屋上のデジタルサイネージは、不特定多数の人の注目を集めるほどの影響力をもち、皆が揃って顔を上げて見つめていた。

葵が裸足で家を飛び出し、居場所もなく出会った時の看板のように、葵もまた自分のこの作品で、誰か1人でも救われることを切に願った。

「では、文谷葵さん、この作品のタイトルをお願いします」

ステージの上でライトに照らされた葵は、網谷がいつか葵にプレゼントしたレースのワンピースを着て、とても美しかった。

新しく蘇った指輪を薬指にはめて、葵はステージから優しく微笑んだ。

(あなたが、私にくれたから)

「はい……『愛』です」

この作品はフィクションであり、実在の個人・団体とは一切関係ありません。

著者プロフィール
文谷 葵（ふみたに あおい）
三重県出身。

イラスト協力会社／株式会社ラポール　イラスト事業部

キャンバス

2023年２月15日　初版第１刷発行

著　者　文谷 葵
発行者　瓜谷 綱延
発行所　株式会社文芸社
〒160-0022　東京都新宿区新宿１－10－１
電話　03-5369-3060（代表）
03-5369-2299（販売）

印刷所　株式会社フクイン

ISBN978-4-286-27073-9